# リアデイルの大地にて 7

WORLD OF LEADALE

【著】Ceez
【イラスト】てんまそ

WORLD OF LEADALE

# CONTENTS

ILLUST. てんまそ

# キャラクター紹介

## ケーナ

VRMMORPG『リアデイル』のプレイヤー時代は『銀環の魔女』の二つ名を持つトッププレイヤーだった。『リアデイル』サービス終了の200年後の世界に転生して冒険者となった。

## スカルゴ

ケーナがゲーム内で育てたNPC三兄弟の長兄。今の世界では教会の大司祭で、王、宰相に次ぐ地位にある絶世の麗人。【特殊技能《エクストラスキル》：薔薇は美しく散る《オスカル》】で常に花や波、効果音を纏っている。

## マイマイ

スカルゴの妹のエルフ。攻撃魔法に特化しており、今の世界では宮廷魔術師から王立学院長に就任。長兄とはよく喧嘩になるが二人ともケーナ至上主義という点は一致している。

## カータツ

ケーナの養子で三兄弟の末っ子という設定のドワーフ。砦や城、ダンジョンなどの建造物作成技能に特化している。スカルゴ、マイマイに比べると常識人。

## リット

マレールの娘で宿屋の手伝いを頑張っている。ケーナを「おねーちゃん」と慕う。

## マレール

ケーナが目覚めた時に宿泊していた宿屋の女将さん。ケーナにとっては第二の母親のような存在になっている。

## ルカ

幽霊船に襲われて壊滅した漁村の生き残りの少女。ケーナが引き取り、辺境の村で共に暮らすことになった。

## エーリネ

犬人族の商人。隊商を率いるやり手で、金銭感覚ゼロのケーナを心配して商売の基礎を叩き込みつつ、彼女の冒険者としての力を頼りにもしている。

## ロクシーヌ

ケーナのメイドで、家事とルカの世話を担当している。ロクシリウスとは犬猿の仲でいつも喧嘩をしている。

## ロクシリウス

ケーナの執事で真面目な性格。ルカをはじめとした村の子供たちに読み書き、計算などを教えている。

## サイレン

オプスの所有する召喚メイド。問題児オプスの相手を務められるだけの胆力を持つ。

## オプス ［オペケッテン・シュルトハイマー・クロステット・ボンバー］

ケーナとはゲームのβテストの頃からの友人で相棒。能天気な魔人族で突き抜けた馬鹿。だが実は策士で『リアデイルの孔明』の二つ名で呼ばれていた。

# これまでのあらすじ

大事故に遭い一生病院暮らしを強いられた各務桂菜《かがみけいな》は、ＶＲＭＭＯＲＰＧ『リアデイル』の中でのみ生を謳歌《おうか》していた。

だがある日、落雷により生命維持装置が誤作動を起こした時に命を落としてしまう。

次に目を覚ました彼女の周囲に広がる光景は、見覚えのない一室であった。

自身の姿がゲームのアバターであるハイエルフのものであることに気付き、桂菜は狼狽《うろた》える。

起こしに来た宿屋の娘リットと、その母である女将《おかみ》マレールから話を聞いた桂菜は、自分が今いる場所がゲームを遊んでいた時代から二〇〇年後であることに愕然《がくぜん》とする。

サポートＡＩのキーが同行していることに心強さを感じ、桂菜はアバターのケーナとしてこの世界を生きていくことを決定するのだった。

まずケーナは自身の管理する守護者の塔を目覚めさせる。

守護者の願いにより、他の休眠状態に陥った塔を目覚めさせることを目標に旅に出ることを決意する。

ただこの世界の常識に疎いため、辺境の村で出会った隊商を率いる犬人族《コボルト》のエーリネと、その護衛を務める炎《ほのお》の槍傭兵団《やりようへいだん》団長のアービタを頼るのだった。

フェルスケイロの王都に着いたケーナは、冒険者ギルドに登録した後で出会った老騎士アガイドと孫娘ロンティからの直接依頼により、街中を我が物顔に駆け回る少年の捕縛《ほばく》を請け負う。舟で逃げる少年たちを川の上を走って追いかけるという行為で、住民から好奇の視線を受けながら捕縛する。逃亡していた少年は城から逃げ出した王子であった。これによりケーナはアガイドから報酬と貴族の後ろ盾を得る。

ケーナが子として設定していたのは、教会の大司祭であるスカルゴ。王立学院の学院長であるマイマイ。そして船工房の工房長であるカータツだ。

辛《かろ》うじてカータツと再会することができたケーナは、この世界での初顔合わせに喜ぶ。

カータツに冒険者になったことを報告し、何かあったら会いに来ることを告げる。

カータツはスキル【以心伝心】でスカルゴとマイマイを集め、ケーナが王都に来ていることを伝える。長兄スカルゴの暴走を心配しながら、マイマイと母親にできることを話し合うのであった。

冒険者ギルドからの依頼でマイマイと出会ったり、娘が結婚していることを知ってショックを受けたりしながらケーナは王都に馴染《なじ》んでいった。

ある時ギルドの依頼で闘技場を訪れた際に、そこが守護者の塔の一つであることを知る。

期待に胸を膨らませるケーナだったが、煙の守護者より告げられたのは過去に別れの言葉を残してスキルマスターが去ったという事実だった。

世界で一人ぼっちなプレイヤーなことにショックを受けるケーナの下へ、スキルエフェクト満載な長兄スカルゴが駆け付けるが、錯乱《さくらん》した母親の拳《こぶし》の前に天井へ突き刺さることになる。

強固な結界に引《ひ》き籠《こ》もるケーナに手も足も出ないマイマイとカータツは、スカルゴを回収して帰ることしかできなかった。その後、全く別の思惑で暴走を始めたスカルゴは、ブチ切れたマイマイと壮絶な魔法が飛び交う兄妹喧嘩《きょうだいげんか》を始める。

喧嘩から逃亡したカータツが見たものは、引き籠もっていたケーナがケロッとした様子で屋台で食事をする姿であった。自分たちの苦労は何だったのかと、カータツは頭を抱える。

兄妹喧嘩を気絶薬一つで治めたケーナは、子供たちをないがしろにしたことを謝罪する。スカルゴたちはそれを笑って許し、再び家族として仲良くしようと手を取り合うのであった。

ケーナはエーリネから隊商の護衛依頼を受け、今度は北のヘルシュペルへ向けて出発する。見送りに来たマイマイより手紙の配達を頼まれ、快くそれを了承するが、まさかそれが後日自身に大きな戸惑いを生むことになろうとは思いもしないのであった。

途中に寄った辺境の村で地下水脈で迷子《まいご》になっていたミミリィを救助し、落ちていた橋の代わりに水の上を歩く魔法で隊商を対岸に渡す。

## ◇⋯✦ これまでのあらすじ ✦⋯◇

国境の砦《とりで》で西から流れて来た盗賊《とうぞく》の歓待を受けるも、傭兵団の力も加わってこれを難なく粉砕してヘルシュペルに辿《たど》り着《つ》く。

ヘルシュペルではマイマイから託された手紙を届けに堺屋《さかいや》という店を訪れる。手紙の宛先は先代の堺屋の大旦那であるケイリックであった。

なんと彼はマイマイの息子であり、ケーナの孫であったのだ。ちょっとした意見の食い違いから、不満を感じたケーナは堺屋を飛び出してしまう。

国境の事件の事情聴取に来ていた女性騎士ケイリナも自分の孫であることが判明して、ケーナは混乱の極みに達する。

冒険者ギルドに赴き、エーリネから教えてもらった守護者の塔らしき建物の場所が、盗賊の勢力圏内にあると知ったケーナは形振《なりふ》り構わずケイリックを頼ることにした。

最前線にある砦に着いた直後に、ロックゴーレムの襲撃が発生する。あわや全滅するかに思われた騎士たちだったが、ケーナの乱入によりなんとか救われるのであった。

ケイリナに恩を売ることで砦を通り抜けたケーナは、問題の守護者の塔前で盗賊の頭《かしら》となっていた魔人族のプレイヤーと相対する。

未《いま》だにゲームの中だと主張する魔人族のプレイヤーを圧倒したケーナは、現実だと知って泣き叫ぶ彼に止めを刺そうとした。

間一髪で魔人族のプレイヤーの命を救ったのは、ケイリナ率いるヘルシュペル騎士団である。

ケーナは争いを避け、彼を騎士団に引き渡すことにした。

その際にプレイヤーの能力を低下させる首輪《くびわ》を使ったことにより、魔人族のプレイヤーはケーナがスキルマスターであることを知るのだった。

塔の中で復活させた守護者から、担当するスキルマスターがオプスであることを聞き、ケーナは唖然《あぜん》とする。

ケーナはかつて同じギルドメンバー兼悪友であったオプスが、この世界で生きているかもしれないと希望を抱く。

守護者より託された本の中からケーナにしか視認できない妖精が現れ、彼女はますますオプスが分からなくなるのだった。

再びフェルスケイロまで帰還する途中で、壊れた橋を修理するカータツと合流して、親子で協力して橋を架ける。

フェルスケイロに戻ったケーナは冒険者ギルドの依頼で狩りに出ようとしたところ、ロンティと出会って彼女の友人のマイを同行させることになる。

力業の集大成ともいうべきケーナの狩りに、ロンティとマイは始終圧倒されるしかなかった。

その頃フェルスケイロではケーナのスキルを模倣《もほう》せんと四苦八苦していたロプスが、失敗した廃棄物をごみ捨て場に捨てようとしていた。

不幸にもその場所はゲームの戦争イベントの攻略ポイントであり、特殊アイテムをドロップするモンスターの出現場所でもあった。

奇跡的な合致によりゴミの成分に反応して、イルカ顔のペンギン怪獣が出現する。

大混乱に陥るフェルスケイロの街中を二人のプレイヤーが疾走する。

奇しくも同じギルドに所属していたシャイニングセイバーとコーラルは、事件の直前に偶然再会したばかりだった。

騎士団長の義務から突っ込むシャイニングセイバーに同調したコーラルは、格上の怪獣にスキルを叩《たた》き込《こ》むが思わぬ反撃にあって重傷を負ってしまう。

国の魔法師団が反撃を開始するも怪獣は意にも介さぬのだった。

虫の知らせならぬ妖精の知らせにより異変を察したケーナは、街の外よりこれに対処する。

自重を捨て去ったケーナの全力魔法により、火柱と化した怪獣は消滅するのであった。

事件後、顔を合わせたシャイニングセイバーとコーラルから、ケーナはゲームが終了するに至った裏話を聞くことになる。

そこでコーラルよりフェルスケイロ近海に沈む守護者の塔の情報を得た。情報の対価はスキルの譲渡であった。

一度辺境の村に戻ったケーナは、村に永住してはどうかという誘《さそ》いに乗り気になり、村長と交渉する。

そして村に来ていたオウタロクエスからの調査団に会う。

調査団の護衛として同行していた冒険者の兄妹の妹の方がケーナに突っかかるも、あっさり叩き伏せられる。

妹のクロフィアの敗北を見ていた兄のクロフは態度を一変させ、オウタロクエスの使者としてケーナの前にひざまずく。

彼はオウタロクエスの女王がケーナの姪《めい》だと告げる。

女王サハラシェードはかつてのハイエルフコミュニティでケーナの妹分だったサハナの里子であった。クロフからの勧誘をケーナは辞退するも、邂逅《かいこう》する関係者たちが国に深く関わっている者ばかりなのに戦慄する。

再びフェルスケイロに戻ったケーナは、盗賊の残党狩りに出る騎士団に同行することにした。シャイニングセイバーとの親しすぎるじゃれ合いで、二人は恋人同士だと騎士たちに誤解される。

途中で何かに襲われるというハプニングを乗り越え、騎士団と別れたケーナは怪しい霧に包まれた漁村に足を踏み入れる。

## これまでのあらすじ

ゾンビの徘徊《はいかい》する不穏な漁村内を探索していると、調査のために訪れていた冒険者クオルケと出会う。

村の地下倉庫で生き残りの少女を保護していたのは、見覚えのある二人だった。

以前にヘルシュペルの冒険者ギルドで道を聞いたことのある二人は、プレイヤーだったことが判明する。

片方の竜人族《ドラゴイド》に至っては、かつてケーナが所属していたゲームギルドの仲間だった。サブキャラ名エクシズの正体は常識人枠のタルタロスである。

旧交を温めつつも少女を守るために行動を開始する三人。

ケーナは少女を守護させるために執事のロクシリウスを召喚する。

プレイヤーとしての能力を解き放った三人の力に、幽霊船とその配下たちは呆気《あっけ》なく崩れ去るのであった。

スキルマスター№5の守護者の塔、竜宮城を解放したケーナは身寄りをなくした少女を引き取ることにした。

新たにメイドのロクシーヌを召喚し、引き取った少女のルカを連れて辺境の村へ移り住む。

村での生活が始まり、ケーナは以前にリットと交わした約束を果たす。それは召喚獣を駆使した空中散歩であった。

同行者はルカと、工務店の息子のラテムである。三人を連れて村の周囲の景色を堪能《たんのう》している最中に、エーリネの隊商が魔物に襲われている場面に遭遇する。

ケーナは魔物たちを討ち破り、ピンチに陥っていたアービタ率いる炎の槍傭兵団も救出するのだった。

マジックアイテムによりクエストの敵キャラが村の近辺に潜伏しているのを察知したケーナは、アービタたちと共にこれを撃破。

しかし同時刻、花冠を作るために子供たち三人だけで村を抜け出すというアクシデントが起こっていた。

花畑で魔物に囲まれた子供たちを救ったのは、ケーナがルカに渡していたお守りより出現したホワイトドラゴンである。

魔物を蹴散らして森に深い傷跡を刻んだブレス攻撃の余波を感じ、ケーナは急いで村に舞い戻って子供たちの無事を確認する。

生活必需品を求めて堺屋に向かったケーナは、冒険者ギルドの依頼でやって来たコーラルのパーティを曾孫《ひまご》であるイヅークに紹介する。

国境で会談があるとケイリックに情報を貰《もら》ったケーナが村に戻ると、息子のスカルゴに出会う。彼は王の名代《みょうだい》として会談に出席するためにやって来たのだという。

ケーナはロクシリウスと共に村の防備を強化する。その力の入れようはプレイヤーでさえも瞬殺するようなものだった。

ケーナは社会見学のためにルカとリットを連れてフェルスケイロへと向かう。ゴーレムに改造した幌馬車《ほろばしゃ》にロクシーヌと共に乗り込み、エーリネの隊商に同行するのだった。

だがそのゴーレム幌馬車の珍しさが厄介な貴族の目を引き、密《ひそ》かに狙われているとエーリネから注意を受ける。

そんな状況の中、到着したフェルスケイロでは川祭りという行事の真っ最中であった。

だが、エッジド大河で正体不明の大きな影が目撃されたせいで、本祭は行われないままの状態で街には戸惑いの空気が流れていた。

ケーナは冒険者ギルドからの依頼により、大きな影を排除すべく行動を開始する。

エーリネ商会に家を借りて腰を落ち着けたケーナは、子供たちをロクシーヌと召喚獣に任せて大河を調べに出かけるのだった。

その頃闇組織が貴族の依頼を受けて、ケーナの関係者を拉致《らち》するべく蠢《うごめ》き始める。が子供たちを守護するロクシーヌの前に、次々と粉砕されていく。

アジトへ逃げ帰った彼らを待っていたのは、また別の筋から差し向けられた恐ろしい悪魔たちである。恐怖と暴虐に晒《さら》された彼らは、成《な》す術《すべ》もなく醜いオブジェへと変えられてしまう。

そのオブジェは恐ろしい悪魔の名と共に騎士団に発見され、騎士たちの警戒を煽《あお》ることとなるのであった。

ケーナは闘技場の守護者の呼び出しを受けて足を運び、そこで今起きている不気味な影事件の犯人を知らされる。

なんとそれは守護者の指輪の反応を辿って、海から遡上してきた移動型の守護者の塔だったのだ。巨大なシロナガスクジラ型の守護者の塔と対面したケーナは、塔をフェルスケイロに留め置くべくとんでもない策略を張り巡らせる。

コネを使って騎士団や王女に声をかけて協力を要請し、一芝居打つのだった。

芝居は大成功に終わり、シロナガスクジラの守護者の塔は神の使いとして中洲の上流位置に留まることとなる。

憂いがなくなったフェルスケイロでは川祭りが開催され、街が超弩級《ちょうどきゅう》の賑《にぎ》わいに包まれる。

子供たちと祭りを堪能するケーナだったが、学院に立ち寄った際に貴族のお坊ちゃんに絡まれてしまう。

しかし魔法職限界突破スキルマスターに人が敵うはずもなく、子猫のように蹴散らされてしまうのであった。

その夜、祭りの余韻も冷めやらぬ中、ケーナにちょっかいを掛けようとした貴族は恐ろしい魔族を率いる魔人族に襲撃され、コイントスで末路を決められてしまうのだった。

ケーナは建築用の木材を購入した礼を言うため、カータツに会いに中洲の工房を訪れた。

子供たちが工房の見学に行ってしまい、暇を持て余したケーナは釣りを始める。これが爆《ばく》釣《ちょう》に次ぐ爆釣で、最終的にはキメラのような魔獣まで釣り上げてしまう。

これを難なく倒したケーナだったが、レア鉱石を落としたのを見てキメラのような魔獣も何《ど》処《こ》かのイベントモンスターであったのだと知る。

帰り道にコーラルやスカルゴと会いながら村へ帰還するのだった。

しかし出迎えたロクシリウスは土下座で一枚のメモを持っていた。そこにはただ一言「名付けよ」と書かれているだけであった。

その対象が妖精ちゃんであることを理解したケーナは、彼女に「クー」という名前を付ける。

クーを村の人々に紹介すると、妖精を見ることで幸運が舞い込むという存在であることを知キーの妹分みたいな感じで。り困惑するのであった。

ケイリックのところに卸《おろ》している魔道具のことで呼び出されたケーナは、彼とイヅークにクーを紹介して便宜《べんぎ》を図ってもらう代わりの依頼を受ける。

その最中、シャイニングセイバーから届いたプレイヤー間の緊急通信で、フェルスケイロが魔物に襲撃されていることを聞き、慌てて飛び出して行く。

駆け付けたフェルスケイロの東門で恐竜シリーズのプテラに翻弄されている兵を救い、これを粉砕すると、避難を呼び掛けてから本隊を潰しに向かう。

容赦のない実力を発揮して侵攻してきた魔物たちを滅したケーナは、クリムゾン・ピグのぴーちゃんを先行させて別動隊が迫る西門へ救援に向かうのだった。

同時刻、南のオウタロクエス国では観光名所になっていた巨大亀が暴走し、王城へ向かうコースを取っていた。

騎士と冒険者がこの対処に駆り出され、亀の進路を変えるために甲羅の上に住まう人物とコンタクトを取るという作戦になった。依頼で訪れていたクオルケとエクシズが巻き込まれる。

現地で偶々《たまたま》一緒になったドワーフ、スキルマスターと判明した隠《かく》れ鬼《おに》という名の爺さんと一緒に、甲羅の上にある建物に突っ込むと、そこはテレビ局を模した内装になっていた。

クイズ番組のセットでヤンキー仏像の守護者に回答者と認識され、なし崩しに試練がスタートする。

途中クオルケが失格になったものの、エクシズと隠れ鬼の回答が間に合い、巨大亀はオウタロクエスの王城スレスレのところで動きを止めるのだった。

ところ変わって襲撃されているフェルスケイロでは、特殊な魔物に騎士団が操られて冒険者と対峙《たいじ》するというアクシデントが起こっていた。

しかし騎士たちの傲慢《ごうまん》な態度に冒険者たちも腹に据えかねていたこともあり、参加していたアービタのそそのかしによって、日ごろの恨みを騎士たちにぶつけて無力化する。

そこにぴーちゃんと共に乱入したケーナは、群れを率いていた魔物を殲滅《せんめつ》するのであった。

戦場で後衛に下がっていたスカルゴと相談の場を設けたが、何故《なぜ》かその場に王族が同席することになり、ケーナは戸惑う。

王と王妃は王子や王女が世話になっていることや、王都を守ることに手を貸していたケーナに礼を言うのだった。

ケーナはオプスの行方《ゆくえ》を調べるために、クーの記憶にあった夜の神殿についてスカルゴに聞くが、そこからは有力な情報は得られなかった。

しかしケーナの記憶にあるちょっとした聞き違いから、オプスの居場所があっさり判明する。

そこは過去にオプスと作り上げた、初心者プレイヤーをおちょくるダンジョンであった。

今現在その場所はオウタロクエス国にあり、ダンジョンを攻略するための村が出来ていると知ってケーナは驚く。

オウタロクエスに赴いたケーナが出会ったのは、以前に辺境の村を訪れたクロフとクロフィアの猫人族《ワーキャット》の兄妹であった。

何故だか彼らも同行することになり、クーも含めた四人でダンジョンに突入する。

プレイヤー用に作られているため、スキルを持っていないと危険を察知することができず、先行するクロフィアが面白い程簡単に罠《わな》の洗礼を受けていく。

途中から現地の人々では対処できない魔物が出現し始め、ケーナが遺憾なくその実力を発揮していくため、クロフィアはその強さに動揺する。

途中で兄からケーナが敬愛する女王の伯母《おば》であることを知り、クロフィアは態度を一八〇度改めるのであった。

その罪悪感からクロフィアは自分から罠に嵌《は》まろうとする。

クロフィアを助けようと強引に階層をぶち抜いたケーナは、漸《ようや》く最下層に到達する。

中ボスの悪魔と対峙することになり、途中でケーナのトラウマを抉《えぐ》った一言により激昂《げきこう》した彼女は【特殊技能《エクストラスキル》】の多重使用により悪魔を下すのだった。

そしてとうとう最下層にいるオプスと久しぶりの対面を果たす。が、あまりの適当極まりないオプスの態度にケーナはブチ切れる。

自身の持つ最大威力の攻撃でもってクーと共にオプスに襲いかかるのだった。

それ以前の【特殊技能《エクストラスキル》】によりＭＰ《マジックポイント》切れと弱体化に陥ったケーナは、逆にオプスに救い出される。

オプスはダンジョン村の一角に作った秘密の家にケーナやクロフたちと共に移動して、メイドエルフのサイレンにケーナの世話を頼むと何処かへ出かけてしまう。

オプスがひそかに会ったのはダンジョン村で道具屋を営む元プレイヤーであった。

いつか必ず協力するという約束を交わし、二人は別れる。

馬車でゆっくり辺境の村に戻るケーナだったが、途中でオプスより衝撃的な話を幾つも聞く羽目になるのであった。

ＶＲＭＭＯリアデイルが桂菜のためだけに作られたものだとか。

ケーナがこの世界に来たのは肉体がなくなってから直ぐで、宿屋に放り込まれるまではダンジョン内で二〇〇年も寝ていただとか。

その間、ケーナの魂にゲームのシステムがインストールされていただとか。

クーが実はゲームのサブシステムを担っているのだとかである。

ついでにキーとオプスが何気に仲が良さそうだということに気付き訝《いぶか》しむも、適当にはぐらかされるのであった。

その頃、ヘルシュペルでは鉱山労働送りになった盗賊の頭をやっていたプレイヤーにケイリナが兵士としての勧誘をしていた。

辺境の村に戻ったケーナはオプスとサイレンをロクシーズとルカに紹介する。

サイレンは喧嘩ばかりして仕事を全うしないとロクシーズに折檻《せっかん》を施《ほどこ》し、ケーナ家のメイド長の座に収まるのだった。

村ではオプスの歓迎会が開かれ、オプスとケーナは村人たちの肴《さかな》扱《あつか》いを受ける。

その翌日、ケーナはオプスよりゲームの世界から現在の世界に至った事実を知るのだった。

ケーナはルカと共にオプスの守護者の塔に飛ぶ。

ゲームシステムの恩恵により現地の人々、ルカともパーティが組めると確認する。

ヘルシュペルに寄ったケーナたちは、サイレンから村にヘルシュペルの騎士が来ていると連絡を受ける。

宿屋ではエーリネとアービタと再会して、オプスを紹介した。

ケーナは王城に向かうがオプスはルカとクーを連れて冒険者ギルドに向かい、そこでクオルケとエクシズに出会い、昔のようにエクシズを弄《いじ》るのだった。

城に赴いたケーナはケイリナの案内で騎士団まで案内され、そこで以前の盗賊の頭のプレイヤーを兵士に勧誘したという話を聞く。

ケーナを呼んだのは彼に嵌めた『懲罰《ちょうばつ》の首輪』を外してもらい、彼に十全な活動をさせるためだという。

盗賊の頭をやっていた魔人族のプレイヤー、コイローグから首輪を外し意趣返しを込めて弄り倒したケーナはエーリネの商隊と共にヘルシュペルを離れる。

闘技祭《とうぎさい》の話を聞いたケーナは、遠距離を繋《つな》ぐ魔道具でその光景を見ることができないかとオプスに相談するが、その便利な道具があったギルド拠点は最終日に爆破されたという驚愕《きょうがく》の事実を知らされるのであった。

# プロローグ

どこまでも白く染まる。

果てはなく、先の見えない謎の空間が形成されていた。

場所の特定は容易ではなく、誰もが持つ原初の景色にも合致するところはない。

周囲に動く物は何もなく、生命が存在することもない。

この空間は、ただただ静寂だけが漂う寂しい場所である。

ここが何処《どこ》にあるのか、何のための場所なのかを知る者は極少数だ。

この場所はただ〝在る〟ためだけに存在する。

とどのつまりは極めて個人的な理由で使われるだけの空間である。

そのため使用頻度はとても低い。

そして使用者である極少数の内、二体の生物がちゃぶ台を挟んで向かい合っていた。

先程から無言で見つめ合う、いや生物と言っていいのかと疑問に思うほど存在が希薄であった。

片方は、朧《おぼろ》げな幻影のようなとぐろを巻いた小さな蛇。

片方は、輪郭が不鮮明で時々その姿にノイズの走る老いた烏《からす》である。

それらが何時からこの場所に存在しているのかは不明であり、それらが何者であるかなどはそれぞれが知っていればいいことだ。

# プロローグ

まるでお見合いのような状況で、先に言葉を発したのは小さな蛇の方である。
『主ニ対シテ些《イササ》カ馴《ナ》レ合《ア》イガ過ギヤシナイカ、烏ヨ』
『……ム』
責めるようなたしなめるような発言に、烏の瞳が鋭く細められる。
切っ先を視覚化したような存在感を発していた。
対する蛇は、その見た目にそぐわない巌《いわお》にも似た安定感を持っている。
『仕方アルマイ。内ニ潜《ヒソ》ム貴様ト違《チガ》イ、今ノ我ハ一個人ナノジャカラ』
言われた蛇の方は鎌首を低くしてチロリと伸ばした舌で、自分の鼻先を舐《な》める。
『コノヨウナ場所デ話ス必要ハアッタノカ？』
『彼奴《アヤツ》ニ聞カレナイ場所デ。ソウイウ約定《ヤクジョウ》ダッタ筈《ハズ》ジャ』
決まりが悪そうに目を伏せた蛇は、しぶしぶ頷《うなず》いてから首を上げる。
『コウヤッテ向キ合ウノハ久方ブリカ、烏ヨ』
『宿屋ニ彼奴ヲ置イタ時以来ヨノ、蛇ヨ』
『現状、今ノ名デ呼ンデオコウカ？』
『コノ場所デハ名ナド何ノ役ニモ立タヌ。不要ジャ』
面白そうに瞳を輝かせる蛇に対して、烏が取ったのは素っ気なく対応する態度だった。

大体じゃれ合うためにわざわざこんな空間に移動した訳ではない。

用事が済めば破棄するだけの空間に、余計な情報は残しておきたくはないだけだ。

『存分ニ語ル機会デモアレバ、モウ少シ事情ノ説明モ詳細ヲ加エラレタデアロウナ』

『今更ヨ。今回モ、前回モ、ソノ前モ。ヤッテイルコトハ何ラ変ワラン』

烏は翼の先をついと上げて、肩を竦《すく》めるような仕草を見せた。

対する蛇は構わないと言うように目を伏せて、頭を左右に振るだけだ。

『彼ノ方ニオカレテハ、我ノコトナド気ニセズ過ゴシテモラエレバヨイ』

『彼奴ハ一度認識シタ者ヲ放置スルヨウナ気性ニ見エルノカ？』

『ムウ……』

『ソレニ、アフターケアヲ我一人ニ押シ付ケルデナイ。オ主ノ方ガ言葉ヲ届ケルノガ早イジャロウ。働ケ』

言葉尻には責める、というより認めさせるような響きが籠《こ》もっていた。

『ソレヲ望《ノゾ》ンダノハ貴様デアロウ。偶《タマ》ニハ甘ンジテソノ役目ニ従事セヨ』

『……何時ノ世モ世界ハ厳《キビ》シイコトダラケジャ。時ニハ誰カニ優シイ言葉デモカケテモライタイモノヨノウ』

『彼ノ方ニオ願イシテミレバドウダ？』

『魔法デフッ飛バサレル未来シカ見エンナ……』

翼で頭を覆って泣《な》き真似《まね》をする烏を、鋭い目で睨《にら》む蛇。

『現実逃避ニモ程ガアルデアロウ、烏ヨ』

『相モ変ワラズ冗談ガ通ジナイ奴ヨ』

舌打ちした烏は何事もなかったかのように翼を広げ、飄々《ひょうひょう》とした態度に戻る。

長すぎる付き合いの中で今まで何度となく小言を言ってきた蛇も、烏には暖簾《のれん》に腕押しなことは分かっている。

それでも文句を言わないという選択肢がないところが、腐れ縁の所以《ゆえん》だ。

『アレハ予定通リニ起《オ》コスノダロウ？』

『古イ遺産ダカラノ。アレバカリハ強引ニ繋《ツナ》ゲタ空間ノ置キ土産《ミヤゲ》ヨ。関係者ヲ集メテ滅シテオカネバ歪《ヒズ》ミノ原因トナロウ』

蛇と烏は揃《そろ》って溜息《ためいき》を吐《つ》いた。

頭の痛い問題だが、避けては通れない道だからだ。

こればっかりは力業でも何でも、片っ端から使えるものを使うしかない。

それがたとえ、敬愛する主人であってもだ。

『詳細ハマタ連絡スル』

『アア』

『イヤ、彼奴ニ伝エル時ニデモ聞イテオクガヨイ』

そうして二体の短い会合は終わりを告げた。

会合と言えるのかどうか。愚痴の言い合いであったようにも感じるが。

物言わぬ空間が文句を言える筈もなく。

最後は短い挨拶を交わし、二体は忽然《こつぜん》とその空間から姿を消した。

やがてその白い名もなき空間にもヒビが入り、端からさらさらと崩れていく。

残るものは何もない、残滓《ざんし》のきらめきが弾《はじ》けて消えただけであった。

# 第一章

# 目玉と、捜索と、守護者と、女王

「ええと……」

「さあ、ケーナ様。さくっと取ってしまえばいいんです。大丈夫ですよ」

「いや、さくっと取れって言われてもね」

ロクシーヌに促されたケーナは目の前に生《な》る実に目を向けて、困った顔をした。

場所は村から離れた森の中である。

ケーナとロクシーヌの目の前には、小さな赤い実をたわわに実らせた茂みが幾つかある。一口で食べられる小さな実をつけるルシュという果物の野生種だ。

辺境の村みたいなところでは、大人にも好評な数少ない甘味である。

森から採れる恵みの一つであるが、希少価値は高い。

辺境の村を囲む資源豊かな森の中にあり、野生動物なども食すため、注意深く接近しないと凶暴な獣と鉢合わせする危険が伴《ともな》うのだが、この二人は例外中の例外である。

片や、大陸最強の魔術師。片や、凶暴性では他に引けを取らないメイドだ。

強弱はともかく、ケーナとしてはちょっとした実験のために外へ、と出てきたのだが、それならばと同行を申し出たのがロクシーヌであった。

別に彼女もケーナが心配だったから、などとは微塵《みじん》も考えていない。

ただ単に自分の用事を優先するついでに、付いてきたのである。

今はケーナを先導する形で、森の中に点在する食事時のデザートとなる材料を採取しに来ただけであった。

従者におつかいのダシにされるなんて、主人からすれば激怒してもいい案件だ。しかし、ケーナもついでの用事で出て来たし、ロクシーヌがそういうちゃっかり者だと知っているので、特に文句を言う気もなかった。

「シィはどれが熟れてるとか、見て分かるの？」

「もちろんです。私のメイド歴一〇〇年を甘く見ないでいただきたいですわ」

「そ、そうなんだ……。へぇ」

ロクシーヌは頭上の猫耳をピンと立て、偉そうに胸を張る。

ケーナは苦笑いを浮かべつつ、内心『いや、貴女《あなた》はそんなに稼働してないでしょう』と呆《あき》れていた。

ロクシーヌは召喚メイドであるため、ゲームの中でも呼び出したのは十数回程度だ。

それにこの世界で解き放ってまだ半年程度しか経過しておらず、とても一〇〇年も齢《よわい》を重ねてはいない筈《はず》である。

「と、いうのは言い過ぎとして。植物のことに関してはケーナ様の方が詳しいのでは？」

ついさっきまで偉ぶっていた態度は何処《どこ》へ行ったのか、飄々《ひょうひょう》とした笑顔でロクシーヌが振り返りつつそう言った。

「あら、知っていたのね」

「それはもう。他ならぬご主人様のことですから、一通りのことは知っておかないとメイドの沽券《こけん》に関わります」

「メイドの沽券、って……」

そこまで言うほどの情報が自分にあったかなと、ケーナは首を傾《かし》げる。

もちろんケーナの自身に対する過小評価であるし、メイドと執事はその性質を織り込み済みであるため、主人のそういった反応はガン無視だ。

植物のことに関してケーナが詳しいというのは、彼女の種族がハイエルフだからである。

ハイエルフ族は植物の声なども聞き取れるため、自然の中で恩恵を受けやすい。というのはゲームの中で設定されていたフレーバーテキストであった。

しかしこの世界に移って来てから実際に植物の声が聞こえてくれれば、その恩恵も間違いではないと実感できる。

ただ、植物系の素材を採取する時は、その都度植物の悲鳴を聞かなければならないという精神的苦痛も伴うため、ケーナにとっても一長一短であった。

「それで、私の見立てではどれを採っても大丈夫だと思いますが、ケーナ様から見てこれは

如何《いかが》ですか？」

「そうね……」

期待するような笑みをロクシーヌに向けられつつ実の方に集中すれば『ワタシヲタベテ』と懇願《こんがん》するような声が幾つも聞こえて来る。そのどれもが赤々と熟《う》れた実からであった。

何故《なぜ》かこういった実であれば悲鳴などは発さないので、そこだけは安堵《あんど》する要素だ。

「どれも大丈夫らしいわよ」

「分かりました」

満面の笑みを浮かべたロクシーヌが嬉々《きき》とした様子で実を摘むのを見ながら、ケーナは左肩にある物に向けて語りかけた。

「見えてると思うけど、どう？」

『大丈夫ーっ！』

『問題あるまい』

一人目は無駄に元気な、もう一人は腕を組んで頷《うなず》いているであろう姿が想像できる。

最初はクーの、次に聞こえてきたのはオプスの肯定だ。

そしてケーナが語りかけたある物というのが、人の頭程もある眼球であった。

少し前のクーと同じように、ケーナの左肩付近にふよふよと浮遊している。

それは【対《つい》の瞳《ひとみ》】というゲーム内のアイテムで、今回ケーナが塔のアイテムボックスから引っ張り出してきた物であった。

ところ変わって辺境の村の宿屋の食堂の一角では、子供たちが興味津々でテーブルの上に浮遊する眼球を見つめていた。

その場にいるのはルカとリットとラテムの他は、クーとオプスにサイレンと青い顔をしているミミリィである。

本来ならば子供たちも青い顔をしているミミリィ側であるのだが、グリフォンやら何やらと接触した回数のせいで今更眼球などでは驚かない図太い精神を身に付けていた。

それにケーナが持ってきた物が子供たちを害する可能性はほぼないため、多少外見が奇抜でも興味はアイテムの効果に向く。

「なんですかこの気味の悪い物体は……？」

食事を取りにやって来たミミリィだが、食堂の一角でテーブルの上に巨大な目玉が浮遊しているのを見た時は小さくない悲鳴を上げていた。

それだけ見慣れない者には異様な光景なのである。

そんな感じで狼狽《うろた》えるミミリィを、「面白い物が見られるぞ」とオプスが有無を言わせずに引きずって来たのだ。

最初ミミリィはテーブルの近くに強引に連れて来られたが、眼球に必要以上に近寄ろうとしなかった。

「面白いよ」と子供たちに何度も言われるまで、半信半疑だったのは言うまでもない。

子供たちの目の前にある眼球は【対の瞳】。ケーナの手元にあるのも【対の瞳】。

対、と付く名の通り、これは二つで一つの効果があるアイテムである。

それは片方の瞳で見た物や光景を、もう片方の瞳でも同調して見られるという効果であった。

「問題となる部分を除けば、普通に稼働していることになるのう」

「見えてるだけー」

ケラケラと笑うクーに少しは視線を向けるけれど、すぐ眼球もとい【対の瞳】に視線を向ける子供たちとミミリィ。

現在進行形で、そこからはケーナがロクシーヌと共に周辺の森で果物や実などを採取する光景が流れて来ていた。

小さな身では早々外出もできない子供たちにとって、その光景は目を奪われるに値するものである。まあ一度やらかしたことがある子供たちにとって、村の外はまだ恐怖の場だろう。

「村の近くにもこういう所があるんだな」

「シーちゃん、こうやって、とってた、んだ」

「今まではロットルさんに頼めば取って来てもらうことはできたけど。見つけるの大変だって言ってた」

感心するラテムに、食い入るように見つめるルカ。村の甘味事情を語るリットである。

それほど大きくない辺境の村でも、猟師の役目を一人で担うロットルに掛かる負担はそれなりだ。

最近はこうやって外に採取しに出ているロクシーヌが、襲われたついでに返り討ちにして獲物を取ってきたり、「タンパク質が足りんな」というオプスの呟《つぶや》き要請に従い、ロクシリウスやサイレンが狩りに行ったりするものだから、ロットルのお株が徐々に奪われつつある。

さすがに村の中の天秤《てんびん》を傾ける気のないケーナがいるために、バランスの采配をオプスが請け負って肉を必要以上に村人たちにバラ撒《ま》かないようにしていた。

その分、ロクシーヌやサイレンのアイテムボックス内には、肉の在庫が潤沢《じゅんたく》になっていくというデメリット（？）が発生している。

あまりに増え過ぎた場合にはケーナがヘルシュペルまで飛び、堺屋《さかいや》に引き取ってもらう裏技を行使していたりするのだ。それでも堺屋自体にも食肉部門があり、引き取れる量はそれほど多くないが。

「やはり一度に見られる人数はこの程度か」

話を戻すが、オプスがつまらなそうに呟くのは【対の瞳】の限界だ。

問題となるのは効果範囲で、丸テーブルの中心に浮遊する【対の瞳】からの映像が見られるのは、そこを囲むようにして立つ人数くらいが関の山である。

それと映像は見られるが、音などは一切聞こえない。

映像の中のケーナとロクシーヌは談笑しながら、森の中に点在する採取ポイントを回っているが、声やＢＧＭが入っていないだけでドキュメンタリー映像としては不完全だ。

もっともこの世界に映像を見る時にＢＧＭを入れる風習はないし、このように遠くの映像を数人で共有できることすら驚愕《きょうがく》に値するアイテムである。

「やっぱり大画面映像《プロジェクター》化必要でしょっ！」

いきなり食堂のドアをバーン！　と開けてケーナが登場する。

ラテムやリットが「「わっ⁉　びっくりしたー！」」と驚いていた。

「というか、スキルまで使って扉閉めて登場する必要はなかろう」

「タイミングが大事かなーと思って、つい」

登場の仕方に文句を言うオプスに、ケーナはペロリと舌を出して悪びれない顔で苦笑する。

「びっくりするようなことはよしとくれ」とマレールにもたしなめられ、「ごめんなさい」と頭を下げていた。

昼間は常時開けっ放しな食堂の扉を【引き寄せ】のスキルでこっそり閉めてから改めて開け、大きな音を立てて現れる効果音代わりに使ったのである。

頭にクーを乗せたルカだけが三拍も四拍も遅れて「びっくり、した」と呟き、クーが「あははは」と笑っていた。

ケーナと一緒に入って来たロクシーヌなどは、子供たちやオプスの脇を何でもないように通り抜け、採取してきた成果をマレールに分けている。

「いつもすまないねえ」

「そのようなことはおっしゃらないでください。お互い様ですから」

などとべらんめえ調なら時代劇のような会話を繰り広げていた。

ロクシリウスが絡まなければ、ロクシーヌは特大の猫が被れるのだ。

すでに食堂でロクシリウスといがみ合った過去があるので、マレールに本性はバレているのだが。そんなことは関係ないとばかりに物腰の柔らかい姿勢を崩さない。

そんなロクシーヌの姿に溜息《ためいき》を吐いたケーナは、気を取り直して待っていたオプスに向き合う。

「大画面映像化《プロジェクター》とはあれか。台座じゃな」

「あれがあると美麗映像みたいな物で多人数が見られるし、音も発生させられるんだよねえ」

通称プロジェクターで、正式名称は台座。

もう少し名前がどうにかならなかったのかシリーズ、と言われる物の一部だ。

【対の瞳】専用のオプション設備である。

形は中央に【対の瞳】を嵌《は》め込《こ》む窪《くぼ》みが三つ付いていて、左右にスピーカーというオーディオコンポのようなアイテムだ。

大抵のギルドのホールにはそれが設置されており、メンバーが外へ出た時のクエストの進行状況や、ダンジョンの実況とかに使われていた。

戦争時には運営の計らいで大規模実況中継などが映し出されていたものである。

ただ台座自体は作り出されるアイテムではない。普通に店売りで買えるものだったので、現状で新たに手に入れるのは不可能だ。

ならばどうするのかというと……。

「ありそうなところから取《盗》ってくればいいのよ！」

力説するケーナにオプスは頭を抱えた。

「今盗んでくると聞こえたが……？」

「私の物は私の物！　ジャイアニズム論法よ！」

「うむ、教育を間違えたのかもしれんの」

訳の分からない理論を持ち出してきたケーナに、オプスは肩を竦《すく》めて処置なしと首を振る。

オプスはゲーム時代、ケーナに一般教養を教えていたことがあるので、そこからの発言だ。

「だからありそうなところを片っ端から調べるんだってば！」

「ありそうな、ところ？」

「オプスにしては察しが悪いなあ」と口を尖《とが》らせるケーナに対し、本気で思い当たるところがないオプスは首を捻《ひね》る。

ケーナはそんなオプスの目の前に、スキルマスターの指輪が嵌まっている指を突き付けた。

「これだってば」

「……守護者の塔、か。なるほど」

ようやく納得がいったと頷くオプスに安堵する。

守護者の塔には大容量のアイテムボックスが併設されているので、運が良ければその中に入っているかもしれない。

「オプスが何処かの倉庫に突っ込んだっていうから、守護者の塔のアイテムボックスくらいしか思いつかなかったけど。一応他のところも調べてみようとは思っていたんだ」

今所在地が判明している守護者の塔は、仮マスターとしてケーナの管理下にあるため、先程のジャイアニズム発言になる訳だ。

「という、一抹の希望じゃな」

「不安になるようなことを言わないで！」

言わんでもいい一言を付け足したオプスをド突いておく。

実際その通りなのだが、探す前から挫《くじ》けるようなことを言わないで欲しい。

「どちらせにせよ、また明日じゃな」

オプスが顎をしゃくった先を見れば、一日の仕事を終えた村人が数人、食堂の入り口から見通せるところを歩いていた。

ほんのり空がオレンジに染まりかけているので、それほど時間が経《た》たないうちにここも賑《にぎ》やかになるだろう。

見回せばケーナたちが漫才をしているうちにロクシーヌはいなくなっていた。

早々に家へ帰って、サイレンと夕食の準備でもしていると思われる。

ぱぱっと【対の瞳】を片付けると、子供たちに今日のお披露目はこれまでと告げる。

リットはマレールに呼ばれて手伝いに行き、ラテムは若干残念そうだったが手を振ると家に向かって駆けて行った。

ケーナはマレールに頭を下げると、ルカの手を引いてオプスとクーと一緒に家に帰るのだった。

「ふぃー。極楽極楽」

「ごく、らく？」

家で夕食を終えたケーナとルカは公共浴場に来ていた。

頭にタオルを乗せてゆったりとくつろぐケーナを見て、もじもじしていたルカが真似《まね》をして自分の頭にタオルを乗せていた。

それがすぐずれて湯に落ちるものだから、表情に悲しみが浮かぶ。

「もうちょっと濡《ぬ》らす」

「……こう？」

全裸でお湯の表面をスケート選手張りに滑っていたクーがルカの傍《そば》にやって来る。

「ちょっと濡らして」「ちょっと絞って」と、濡れタオルがルカの頭の上に定着するまでちまちまと指示を飛ばす。

何度か試して安定したタオルの感触に、ルカとクーが満面の笑みを浮かべた。密《ひそ》かに様子を窺《うかが》っていたケーナもホッと息を吐《つ》く。

女湯にはケーナたちの他には、ご婦人方が数人とミミリィくらいか。

満員御礼《まんいんおんれい》とはいかないまでも、比較的多い方だろう。

ロクシーヌも誘ったのだが、すげなく断られた。どうやら彼女は人の少ない時間帯を選んで烏《からす》の行水程度で済ませてしまうようだ。

「いつの間にか入って来て、いつの間にか出て行くみたいなんですよね」

「まあ、あの娘《こ》は警戒心強いから」

困った表情のミミリィに言われて、ケーナは乾いた笑いを漏らしつつ頬をかく。

頑《かたく》なにケーナ以外を拒む理由はよく分からないが、それで害が出るわけでもないし。ケーナはロクシーヌのプライバシーにはあまり踏み込まないようにしていた。

壁を隔てた男湯の方からは何かが飛び込む音と、ラテムを叱る男性の声がする。おそらくは父親のラックスだろう。

ついでに「静かにせねば凍らせるぞ」というドスの利いたオプスの声も聞こえて来た。

途端に壁の向こうが静まり返る。

静かにお風呂を堪能《たんのう》したい気持ちは分かるが、脅すのはやり過ぎじゃないかとケーナは思う。

だからと言って男湯に踏み込んで突っ込みを入れる気はない。

だから使うのは別の手段だ。

「クー、矢」

「はい」

右手を差し出せば、そこにクーが物質化した赤い矢印を乗せる。

「キー、命中予測」

『……了解』

呆れた声でキーがケーナの前にウィンドウを開いて表示する。声から算出したオプスの位置と放物線を描く弾道予測軌道である。

ケーナは赤い矢印の重さを確かめるように上下に振ると、絶妙な力加減で男湯との間を仕切っている壁の上目掛けて放った。

二秒ほど待つと、男湯の方から「ッアー!?」というオプスの声が聞こえて来る。

「くおらああああああっ！　凶器をブン投げおったな！」

「うんうん、さすがキー。予測ばっちり」

「キー！　貴様覚えておれよ！」

壁の向こうからオプスの悪態の怒号が響く。

それを鼻で笑って流したケーナは、何でもない風にミミリィの隣に腰を下ろした。

「あはは、は」

「遠慮しないで笑えばいいのに」

「さすがに悪いよ、オプスさんに」

ミミリィは笑いが漏れた口を慌てて塞ぐ。ケーナが肘で突《つつ》いて促すが、ミミリィは、申し訳なさそうに呟いていた。

ケーナの隣ではポカンと口を開けているルカと、腹を抱えて笑っているクーが対照的である。ルカはいきなり行われた投擲系《とうてきけい》突っ込み芸に付いていけてないらしい。

「ん？」

ケーナ付近が暫《しば》し静かになった機会を見計らっていたのか、ご婦人方の方から一人湯をかき分けて近付いてくる者がいた。

「ルイネ？」

ケーナの傍に腰を下ろしたのは、マレールの娘でリットの姉のルイネだ。

すでに村内で結婚していて、夕方だけ食堂へ手伝いに来ている。旦那さんは村の若い衆の一人で、ケーナも彼とは畑を耕している時に何度か挨拶を交わしたことがあった。

「全く、ケーナのところは何時《いつ》も騒がしいね」

「あー、五月蝿《うるさ》かった？　おばちゃんたちには迷惑だったのかな」

「いやいや。それを言ったらケーナの方が年寄りだろ？」

ニヤニヤ笑いながらルイネが年齢マウントを取って来る。

確かに肉体年齢でいったら、ケーナの方がこの村内で断トツのトップだろう。精神の方は人生経験に乏しい小娘なのだが、それを口にしても信じてくれない気がする。

すでにこの村にはフェルスケイロの生き字引とも言うべきスカルゴが来訪しているのだから。あんな息子がいて「実はルイネより年齢は下なんですよ」と言ってもその場を和《なご》ます冗談としか受け取られないに違いない。

スカルゴが村に来た時に現場を見ていたロクシリウスによると、村長に請われて村の広場で神の愛を説くスカルゴに、目をハートマークにした村の女性（若いのから年寄りまで）が熱狂的な声援を飛ばしていたらしい。

話を聞いたケーナが「演歌歌手の興行か？」と思ったのは記憶に新しい。

「それで？」

「な、なに？」

「何か話したいことがあったんじゃないの？」

「な、何で分かったの？　それも長年の経験ってやつかい」

「いや、違うから」

時々共同浴場で会いはするも、ルイネはおばちゃんたちと井戸端会議に興じていることが多い。

ケーナが気まぐれにその集団に近付くことはある。あちらから歩み寄ってくることも偶《たま》にくらいだ。だが、おばちゃんたちとは会話が続かない。

巻き込まれて頷きマシーンと化すよりは、静かに湯を堪能している方がケーナの好みである。大抵は弱い魔力を放出して静謐《せいひつ》な雰囲気を纏《まと》うので、おばちゃんたちも井戸端会議に誘おうとはしなくなった。

今回はルカがいるのでその辺りのアクティブ系を切ってあった。そのため一番話しやすそうなルイネが来たのだろう。

「あの、さ」

「何か歯切れが悪いわね。もしかして聞きにくいこと？」

「まあ、聞きにくいっちゃ聞きにくいんだけど、ね」

暫く葛藤していたルイネは、最終的には口に出すことにしたようだ。

何故か背筋を伸ばして目を覗《のぞ》き込むようにして聞いてきた。

「ケーナのさ」

「うん」

「旦那ってどうしてるんだい？」

「うん？」

ルイネの疑問は、いつかは誰かに聞かれるんじゃないかと想定していた事柄の一つだった。

これに関してはキーと相談して既に決めてある。

ハイエルフ族のケーナとして、この世界で生きて行くための設定だ。

「死に別れたかな」

「……え？」

ルイネの顔色がみるみる青くなるのを見て、心の中で『ゴメンナサイ』と頭を下げつつケーナはあっけらかんと笑った。

「うん、もうずいぶん前のことだから気にしないで。ルイネが罪悪感を抱く必要なんてないから。大丈夫だよ」

「ご、ごめんな。聞いちゃいけない……え？」

「だから平気だってば。ね？」

「そ、そう？」

狼狽えるルイネに笑いかけると、彼女は言葉を呑《の》み込《こ》んでから小さく頷いた。

正確に言うならば子供たちの父親はゲームのシステムである。そのシステム自体も今やケーナの中にあるために、馬鹿正直に説明すると非常に訳が分からなくなってしまう。

泣く泣く、以前スカルゴに説明した言い訳を正式設定にすることにしたのだ。

こうしておけば一人で子供たちを育てることができなくて里子に出した、という言い訳もしやすくなる。

字面だけ見れば子供たちに白い目を向けられそうなクズの言い訳だ。しかもその後、世の中が嫌になって森に引《ひ》き籠《こ》もった（子供たちから聞いた）というのだから、救いようがない。

他に選択肢がないため、この際仕方がない。あんなに慕ってくれている子供たちには申し訳ない気持ちでいっぱいである。

「どうしたんだい、ケーナ？　やっぱり気にしてるのかい？」

「あ、大丈夫大丈夫。ちょっと別の考え事をしてただけだから」

眉間にシワを寄せて考え込んでいたら、ルイネが顔を覗き込んでいた。

隣では心配そうな顔をしたルカがぴったりくっついていたので、少々考えに没頭しすぎたようだ。

手をぱたぱた振って何でもないよと平静を装う。

ルイネは訝《いぶか》しんでいたが、それ以上は追及して来なかったので胸を撫《な》で下《お》ろしたのは言うまでもない。

そして翌日。

　オプスとクーと連れ立って家を出たケーナは、家の戸口から心配そうに見つめるルカに手を振った。

「ちょーっとあちこち回ってくるだけだから大丈夫よ、ルカ」

「回ってくるだけだから！」

「うん……。ちゃんと、かえって、きてね？」

「ぶっちゃけこの世界で最高戦力なのじゃが、どことなく悲壮感が漂っておるのは何でじゃろうな？」

　オプスが遠い目であらぬ方向を見つめて溜息を吐く。

　どこに悲壮感が漂っているのかケーナには分からなかったので、ちょっとムッとした表情になる。これから出かけるというのに不安になることを言わないで欲しい。

　不安の原因は今も絶賛フラグ建設中のルカのことである。

　ちょっとやそっとの苦行なら撥《は》ね除《の》けられる戦力だが、何処かでケチが付くかもしれないので、どちらにしろ油断は禁物だ。

「じゃ、シィとロクス、お留守番お願いね？」

「はい」

「お嬢様のお世話はお任せください」

恭《うやうや》しく頭を下げるのはロクシーヌとロクシリウスだけだ。あともう一人が何処にいるのかというと、すました顔でオプスの横に立っている。

「サイレンも付いて来るの？」

「ご主人様を野放しにすると、何が起こるか分かりませんから」

「そ、そうなんだ……」

いったい何をやったらそこまでメイドに信用されないのか。半眼になってオプスを視線で問い詰めると、無実だとでもいうように首を振っていた。

「とりあえず、私の塔とオプスの塔以外だと、闘技場と竜宮城とクジラと亀？」

指折り数えるケーナを見て、オプスが大きく肩を落とす。

「漸《ようや》く半分か。塔に関しては我も正確な場所を把握してはおらんからのう。ケーナがシステムを自在に使えれば楽なのじゃが」

「うう、未熟者で申し訳ありませんねー。っていうか、つい先日所在を知ったばっかりの、当人もよく分からない物をどうやって使いこなせというのよ？」

「そこはもうお主の感性に任せるしかないのう。こうチャクラを回すようにグリッと」

「訳の分からない例を出されたってできるかあああっ！」

もう完全に他人事な言い方にケーナは怒鳴り返す。

ゲームシステムが魂と同化しています、と言われたばかりなのに、それを自在に扱えとは無理な話だ。取扱説明書も何も存在していない上に、自分の中に異物があるという感じもしないのだから。

サブシステムを担っている方も妖精なのだ。リンクしてどうこうしろと言われても全く理解不能である。

「まあ、その辺りはおいおい慣れていくしかあるまい」

「一〇〇年単位で時間がかかりそうだわ」

げっそりとした顔でケーナが呟く。

アイテムボックスから各塔の指輪を取り出し、竜宮城の指輪を掲げて口を開こうとして思い留まる。

「どうしたんじゃ？」

「やっぱ、キーワードは唱えないとダメ？」

こればっかりは何回唱えても、後から恥ずかしさに身震いするのは変わらない。

色々な要素を大量に含んだキーワードは、ケーナとしてもあんまり連呼したくない言葉である。なんで昔の自分はこれにすんなりとＯＫを出してしまったのか。

「お主が自分のスペックを色々と使いこなせるようになるまでは、キーワードは必要になるじやろうて。諦めよ」

「……へーい」

ずーん、と暗くなったケーナが改めて指輪を天に掲げる。

オプスは素早くステータスウィンドウに目を走らせ、四人がパーティを組んでいることを確認し、ケーナに頷いて合図を飛ばす。

ほんのり光を纏ったクーを肩に乗せ、ケーナはキーワードを高らかに叫んだ。

本当は小さい声でぼそぼそっといきたいのだが、大声もキーワードを唱える必須条件なので開き直るしかないのである。

【乱世を守護する者よ！　堕落《だらく》した世界を混沌《こんとん》より救済せしめ給《たま》え！】

ロクシーヌたちからはケーナが叫んだ瞬間、その頭上に魔法陣が展開、そこから滝のような水が噴き出して一同を呑み込んだように見えた。

轟々《ごうごう》と唸《うな》る水の流れがケーナたちの姿を覆い隠し、上の魔法陣が下にスライドする。水の流れも人の姿も等しく挟み込み、地面に到達した魔法陣は砕けて消えた。

「……」

先程まで魔法陣があった場所に駆け寄ったルカは、ポカンと口を開けて驚いていた。

以前にスケルトン（オプスの守護者）の場所まで跳んだ魔法（だと思っている）を第三者と

して見るのが初めてなのもある。

「みず……」

「ご安心を、ルカ様。今のは演出ですので、実際にケーナ様たちが水に飲み込まれたわけではありません」

「……そう、なの？」

「はい」

「よか、た」

ロクシリウスの言葉に安心したルカに漸く笑顔が戻ったのを確認し、ロクシーヌは身を屈《かが》めて少女と視線を合わせる。

「今日はどうなさいますか？　また縫い物をなさいますか？」

「うん、はり、しごと。がんば、る」

目に強い光を湛《たた》えて手を握るルカの様子は、誰が見ても微笑《ほほえ》ましい。サイレンやロクシーヌに簡単な型紙を用意してもらい、楽しそうにクッションを作るのが最近のルカの日課である。

出来上がったクッションの大半はゴーレム幌馬車《ほろばしゃ》内やケーナ宅のリビングに置かれていた。

そのうち出来がいい物はルカの許可を取って、サイレンが偶に来るエーリネの隊商に売りに行く。

僅《わず》かばかりの現金に換えてから、お小遣いとしてルカに渡している。

ただ材料の布や糸はケーナが【技術技能《クリエイトスキル》】で作り出す高級品なので、エーリネからしてみれば加工前の品を売って欲しいところだ。


ケーナとオプスとサイレンとクーは、キーワードを唱えてからほぼ一瞬で大陸の反対側にある場所へ出現する。

こういった所業を安易に行うため、ゲーム時代はスキルマスターに限らず長距離移動魔法に懐疑的《かいぎてき》な声を上げるプレイヤーもいた。

もっともその非難も『売り上げが減る』という、途中の村や街で露店を開いている行商人プレイヤーたちからのものばかりだったのである。

その大半は首都などで良い場所が取れなくて不満を募らせる輩《やから》で、相手にする方が労力を使うという理由で邪険にされていたが。

四人の下り立った場所は水面に浮く大きな葉が多数配置されている空間である。

周辺には桃色や白色などの大輪の蓮《はす》の花が、これもまた多くが水面下から顔を覗かせていた。

小さければ可愛《かわい》らしく見ていて心を癒《い》やされるのだが、この場所にある花の多くは大人がすっぽり収まりそうなほど巨大だ。しかも時折、茎をクネクネと動かして踊っているようにも見える。

ある意味気色が悪いという言葉がぴったりだ。

それもそのはず。過去この塔を管理していたスキルマスターのリオテークは、キモカワイイ物を集めるのが趣味だったのである。

アイテムから召喚獣から装備から。ケーナが見かけるリオテークはどぎつい紫色のウミウシの着ぐるみを着ていたり、全長一〇メートルもあるムカデを馬代わりにしていたりと、ケーナとは別の意味での悪名が轟いていた。

「……リオテークさんも悪い人じゃないんだけど、ね」

「そういえば、時々キモカワ注意報とか出ておったな」

二人同時に脳裏《のうり》に思い浮かべるのは彼女の着ぐるみ姿でのドヤ顔である。

それがおかしくなって、ケーナとオプスは同時に噴き出した。

「よ～う～こ～そ～いらっしゃいまし～た～」

肩を震わせる二人に、ひときわ大きい蓮の葉の上に鎮座する守護者の、間延びした声が掛けられた。

ケーナが振り向いた先には牛ほどの大きさのアマガエルが、ギョロリとした目を二人に向け、静かに佇《たたず》んでいた。アマガエルと言っても色はどぎついピンクという、自然界には存在しない配色だ。

喉を膨らませてゲロリと鳴くと、命令を待つように目を細めた。

「お邪魔しているわ」

「邪魔するぞ」

にこやかに手を振るケーナとは対照的に、オプスは不遜な態度を崩しもしない。

横目で守護者を一目見ただけで眉間にはしわが寄っている。

「なんじゃあの両生類は……」

「リオテークさんだし」

「コメントは差し控えさせて頂きます」

「喧嘩《けんか》両生類だよ！」

「はい？」

苦笑いで返すのがケーナ。

サイレンはオプスの右斜め後ろで我関せずといった様子で佇み。

ケーナでさえ困惑する元気いっぱいな発言なのがクーである。

どピンクアマガエルの守護者は然程《さほど》動じずに小首を傾げただけだった。

「両生類♪　両生類♪」

「あー、えーと」

空中で飛び跳ねる上機嫌なクーはともかく、さっさと目的だけでも果たそうとケーナは守護者に声をかける。

「ここのアイテムボックスは確かこれだったよね？」

付いてきたオプスは守護者を視界に入れないように塔の内部を観察しているだけだし、サイレンは静かに佇んでいるだけだ。オプスやケーナが何か頼めばそれを実行してくれるようだが、この中でとなるとケーナが実行せねばならない。

ケーナがどピンクアマガエルに確認を含めて指差した物は、咲き誇っている蓮の花の中でも特に小さな黄色い花弁であった。

「そう〜です〜。それ〜です〜」

どピンクアマガエルの守護者が、目の内まぶたをぱちぱちと開閉して肯定する。

ケーナが葉の上を移動してその花に近付けば、それに呼応するように花弁が開く。

花弁を覗き込めば、底に守護者の指輪を嵌める窪みがあった。

「ああ、これこれ。ありがとうね」

「ど〜いたしまして〜」

ケーナが手を伸ばして守護者の指輪を合わせれば、ゴオンという音がして花が浮上し始める。

腕を引っ張られる形になったケーナは、慌ててそこから跳び退いた。

「わわわっ!?」

ちなみにこの抜けている反応は今回で二回目だ。

「ふむ」

花弁、茎ときて、水中から上がって来たのはケーナの塔と同じく衣装ダンスの形を模したアイテムボックスであった。

それが水を割って現れたものだから、目を輝かせて反応した物が一人いた。

「だばー、って来た！」

まるで秘密基地のような登場に、きゃーきゃー言いながらクーが興奮している。

その様子にオプスは呆れたような溜息を吐いていた。

ケーナが近付いて自身のアイテムボックスを開けば、それに連動して塔のボックスも開く。

「ふむ、やはり指輪がなければ無理か」

手元で何か、自身のウィンドウ画面を操作しながら近寄って来たオプスがしきりに頷いている。

「何してるのよ？」

「いやなに、連動に割り込めないかと試しただけじゃ」

どうやらスキルマスターとしての称号が他の塔でも無条件に通用するか試していたようだ。

しかしながら塔の機能にアクセスするには、その塔専用の指輪が必要だという結論に達したらしい。

それを聞いていたケーナは、脳裏に浮いた承認画面にポンとハンコを押した。

特に意識してやったわけでもない。唐突に脳裏にその画面が表示されたのだ。

特に考えもせず、これが最善だと、本人もよく分からないうちに可決しただけである。

「む？」

それと同時にオプスの隣に、もう一つの画面が開いた。

オプスがぽかんと口を開けている状態は珍しいと感じ、何が起きたのかと目を向ける。

そこにはケーナが左右に侍《はべ》らせている画面と同じ物が表示されていた。

「ああ、オプスの方でもボックスの中身が分かるようになったんだ」

感心して頷いていると、どんよりと濁った眼となったオプスがケーナを見下ろしている。

「どしたの？」

「いきなりこっちにもアクセスが認可されたんじゃが。お主、今何をやった？」

「んー？　何って言われても……、んー？」

言葉にしにくくてうぬぬと悩み、最終的に結果だけを伝えることにした。

「承認画面にハンコ押しただけなんだけど……？」

「まったく、無意識にシステムを掌握しつつあるの。まあ、よい」

「え、なに？」

ケーナの疑問には返答せず、オプスは手元の画面に指を走らせる。

小刻みに動く目が、表示される内容を高速で読み取っていく。

直立不動のサイレンはまだいいとして、ひとしきり騒いで満足したのかクーがケーナの肩に下りて来て、画面を覗き込むと「宝石だー！」と目を輝かせる。

また騒ぎ始めるのかと身構えたケーナだったが、その心配は杞憂《きゆう》に終わった。クーは飛び立ちもせず、ケーナの肩の上で大人しくしている。

まあ、大量の音符マークは飛んでいるけれども。

「う～ん、宝石だね。ものの見事に宝石ばっかり……」

竜宮城のアイテムボックスの中を占めていたのは、大量の宝石であった。

「【簡易召喚】の触媒じゃな。幾つかは封入済みのようじゃが」

「ああ、よく『いでよ○○！』とか言いながら宝石投げて召喚してたもんね、リオテークさん」

【簡易召喚】とは【召喚魔法《サモンマジック》】の廉価版である。

結論的にはどちらもそれほど違いはないが、【簡易召喚】は予め召喚した対象を宝石などに封じておかねばならない。使用する時はその宝石を足元などに投げつけて割れば、封じた物が出現する。

メリットは呪文を行使する必要がなく、予め作っておけばＭＰ《マジックポイント》を消費しないこと。

デメリットは宝石のランクによって封じる対象のレベルが下がってしまうことだ。

例としては、ケーナがその場で召喚できるケルベロスは四八〇レベルだが、【簡易召喚】に頼るとなるとレベルは半分近くまで落ちてしまう。

それにゲームの中とは言え、宝石とは総じて高額商品である。

封じられるのは召喚だけではなく、魔法も可能であった。

レベルに関係なく強い魔法をバンバンぶっ放せるとあれば、誰もが一つ「取って置き」を持つのが暗黙の了解になっていた。

ケーナもそんな宝石を幾つか作り、金策に利用していた時もある。

リオテークの私物の集大成ともいえるボックスには大量の未使用宝石と、そこそこの【簡易召喚】が封入された宝石と、原石のまま放って置かれた宝石があった。

どうやら地の利を利用して、水中で鉱脈を掘り当てていたようだ。

「我はあまり接点がなかったからのう。習性までは把握しておらんな」

「習性って……」

スキルマスターは一三人しかいなかったが、誰もが仲良しこよしだった訳ではない。

今言ったように他の人との交流を避けていたオプスの例もある。

スキルマスターにも定例会議というものがあり、最低限の情報交換の場はあったが、その場で会うだけという者もいたようだ。

かく言うケーナも、定例会議以外では全く会うこともないプレイヤーが何人かはいたのだから、人のことは言えない。

「うーん、ハズレね」

「最初からこれでは、先が思いやられるな」

オプスの皮肉にケーナは口を尖らせる。

「まだ私の管理している守護者の塔はあるんだから、最初から妙なフラグを立てるのは止めてよね」

「フラグどころか決定事項であろう」

「ホントにそういうことしか言わないんだから！　じゃ、また来るから！」

「ま～た～のお越しを～」

頰を膨らませたケーナは、どピンクガエルに別れを告げると、次の守護者の指輪を取り出して天にかざし、キーワードを唱える。

　クーとサイレン、何か言いかけたオプスも纏めて竜宮城の中からその姿が消《き》え失《う》せた。


　次に四人が姿を現したのは直径五〇メートルはある半円状のドーム内だ。

　足元には緑のラインでグリッドのように区切られた無機質な床。

　頭上には青い空に雲を備えた映像。その真ん中にぬいぐるみのような太陽がふよふよと浮いていて、ゆるく気の抜ける雰囲気に拍車をかけていた。

　部屋の中央には彫刻の彫られた大理石の柱の上に、小さな椛《もみじ》の樹《き》が植えられた植木鉢。

　そこから煙が染み出すように現れ、白いマネキン人形のような形を取る。

　王都にある守護者の一つ、闘技場を管理する煙の守護者である。

　煙の守護者は胸に手を当て恭しく頭を下げた。

『ようこそおいで下さいマした、ケーナ様。本日はどのような御用デしょう？』

「久しぶり。魔力の方はどう？　足りてる？」

『今のトコろ、先日頂いた分がアれば、数年は恙《つつが》なく維持デきると思います』

「そう、それはよかったわ」

　ちょっとした暇があれば定期的に各所の守護者の塔を回ってＭＰの補給をしていたため、自分の塔以外の場所も問題なく維持が可能となっているようだ。

念のためにケーナは同行者の説明も付け足しておく。

「そうそう。こっちがスキルマスターNo.13のオプス。とそのメイドのサイレン。こっちがうちの家族のクーよ」

『ようこそいらっしゃいマした。何もなイところですが、ごゆるりとお寛《くつろ》ぎクださい』

「うむ、短い間だが邪魔するぞ」

オプスは横柄に頷き、サイレンは無言で頭を下げるだけだった。

クーに至っては「こんにちわー」と言いながら煙の守護者に突っ込み、体を突き抜けて反対側へ飛び出し、ケラケラと笑っていた。

それで味を占めたのか、高速で飛び回りながら煙の守護者を突き抜けて遊んでいる。

客観的に見ると異様な光景であった。

ケーナは守護者にアイテムボックスの場所を聞く。

『それでしたら』と返ってきた答えは、守護者の指輪をぬいぐるみのような太陽に向かって投げつけろというものだった。

「投げつけんのっ⁉　これを？」

『はイ、思いっキりどうぞ』

ケーナは未だにクーが体を突き抜けたりしている煙の守護者と指輪、映像の中をふよふよと漂う太陽を順繰りに見つめる。

よく分からないという表情だったが、意を決して頷くと【投擲《とうてき》】や【絶対命中】や【剛力】などのスキルを起動し、文字通り思いっきり太陽に指輪を投じた。

ぬいぐるみのような太陽の中心部に指輪が吸い込まれ、一拍を置いてドーム内にひゅるひゅるという音が木霊する。

まるで遠方から何かが落下してくるような音だった。

しかも一つではなく複数の音が合唱しているように重なっていく。

「嫌な予感がするんじゃが……」

「強く、投げ過ぎた？」

たらりと一筋の汗を流したオプスと、ケーナが音の出所を探そうと首を巡らせた時だった、それが落ちてきたのは。

天井を構成しているグリッドの幾つかがカパッと開き、硬くて重そうな石柱が突然出現して落下を始めた。

間を置かずにあちこちの格子からも次々に落下するものだから、真下にいた三人は真っ青になってそれを凝視した。だが、一人だけは不思議そうにそれらを見詰めている。

「きゃあああああっ⁉」

「ぬおっ！」

「⁉」

「ふえ？」

順繰りに落ちて来る石柱から逃れるため、三人は慌ててその場から散った。

ケーナは瞬時に【高速移動《ハイムーブ》】の魔法を使い、床を滑るように回避する。

オプスは命中しそうな奴《やつ》だけを足さばきだけでひらりひらりと躱《かわ》していく。

サイレンは守護者の本体である植木鉢付近に移動していた。安全地帯なのでその行動は正解である。

クーは安全地帯にいたというのに飛び出して、上から降って来る石柱を回避する遊びに参加していた。遊びじゃないというのに。

石柱落下が続いたのはほんの数秒だけだ。

受けた身のケーナからすれば一分程も続いたように思える緊張の連続だった。

止まったところでケーナがホッと一息吐いた時である、【危険感知】に従いのけぞったケーナの顎の先を石柱が滑って行ったのは。

どうやら壁側からいきなり出現したらしい。

気が緩んだところを狙ったオプスのような嫌らしい仕様である。

次が来やしないかと緊張に身を固くするケーナの見ている前で、突き刺さっていた石柱は床に沈んで行った。

ただ、守護者の本体の植木鉢の横に一つだけ見慣れたアイテムボックスが残っている。

それを確認したケーナはふかーい溜息を吐いて、へにゃへにゃと座り込んだ。

「なんなのよ、もう、今のはーっ！」

ぷんすかと文句を言うケーナだったが、そこにキーより残酷な一言が告げられる。

『私ノ障壁ガアレバ、回避シナクテモヨカッタノデスガ……』

「……あ」

象が踏んでも壊れない（実際にはそれ以上）。そんなキーの障壁で自身が覆われているのをケーナは完全に失念していた。

回避行動をしなくても問題なく身を守れていたのだ。

だいたいあんなものが落下してくれば誰だって逃げ惑うに決まっている。などということをぶちぶち愚痴っていると、ことの真相をオプスが煙の守護者に尋ねていた。

「で、あれはなんじゃ？」

『あれハ京太郎《きょうたろう》様が設定されタ、訓練用アトラクションでス』

「アトラクション？」

『はい。指輪を投げル速度や威力に応ジて、難易度の変わる訓練だと申しておりマした』

「ほう」

オプスの据わった目がつーっと移動してケーナを捉える。

「あ、あははは……」

聞こえていたケーナは今の石柱が何なのか悟り、引きつった表情で乾いた笑いを零《こぼ》していた。

今の石柱乱舞は、スキルまで使って指輪をぶん投げたケーナのせいであることは明白である。

アイテムボックスを開く過程に、訓練を挟む京太郎も変な感性の持ち主だが。

それより知っていたんなら先に言えとばかりに、ケーナは煙の守護者を睨《にら》みつけていた。

守護者はそんな人間の感情には疎いので、ただただ首を傾げるばかりである。

オプスの非難の視線に冷や汗を垂らしながらアイテムボックスの中を確認すれば、まあ、何と言うか、結果だけ述べるならハズレであった。

「うわ、剣だらけ……」

「ふむ。片手剣や大剣などじゃな」

「京太郎さんも剣コレクターか」

横から覗き込んだオプスも目を見張る程の種類がある。

多少なりとも防具も揃《そろ》っているが、大半を占めるのは剣類だ。

中にはコーラルに渡した【聖戦士の魂《ヴァルハラ》】や、特殊個体を倒さなければドロップしない剣もあり、京太郎が立派な剣コレクターであることを示していた。

「で、次は？」

「ううーん。次はマーベルリアさんのとこだけど……」

スキルマスター№1、猫人族《ワーキャット》のマーベルリア。

又《また》の名を【検証の悪魔】や【ストーカー型メモ帳】などと呼ばれていた。

シロナガスクジラ型の守護者の塔は、フェルスケイロを横断するエッジド大河の中洲に接するように停泊している。

以前に王女や騎士団に協力してもらってケーナの打った一芝居のせいで、すっかり川の守り神として民衆に崇《あが》められていた。

今も中洲に接しているその場所は、住民らが設置した献花台に供えられた花束が山というか壁のようになって積み重ねられている。

しかも以前にアイテムボックスの中は確認済みで、中身はほぼ書類の束ばかりだ。

そのほとんどが、彼女がゲーム中にしたためた検証結果が事細かに記してあるメモの類だ。

かく言うケーナやオプスまでも、ハイエルフや魔人族といった種族のことについてインタビユーを受けたことがあった。

　ケーナも詳細まで理解していないハイエルフ族のことについて、根掘り葉掘り聞いてくるマーベルリアに当時は随分と辟易《へきえき》したものだ。

　そんな彼女でもいなければいないで……、

「寂しくならないかな。うん」

「おればおったで実に喧《やかま》しい奴じゃったからな。会話の半分は？マークが付いとったし」

「「あはははは、は。……はぁ～」」

　ケーナとオプスは乾いた笑いを零し、同時に肩を落とした。

　当時を思い出すだけで実に頭が痛い。

　悪い人ではないのだ、悪い人では。鬱陶《うっとう》しい人ではあったが。

「いない人のことを考えても仕方がないから！　そんで次！」

「まあ、そうな。じゃが次で最後じゃろう？」

　気分を切り替えるように腹に力を入れるケーナに溜息を吐き、オプスは残った守護者の塔が最後の望みだと告げる。

　まあ、そちらについてはあまり心配していない。

　そもそもそこが最終目的地でもあるのだ。

「最後のところって、亀だよね？」

「そうじゃ。指輪は渡したであろう？」

「そりゃあ、まあ、貰《もら》っているけどね」

ケーナは指輪を交代しながら、もう一度「亀かあ」と呟いていた。

「亀に文句があるのかの？」

「いやいや、いや。つーか九条《くじょう》のところだよね？」

「そうじゃな。彼奴《あやつ》のところじゃな」

スキルマスター№2、九条。スキルマスターの中で常識人枠にいながら、何処か浮世離れした雰囲気を纏う小柄な男性であった。

青い制服のような装いと片眼鏡《かためがね》が特徴的な姿が印象に残っている。

生産職なので戦闘は苦手としていたが、よく彼の趣味に付き合わされてゲーム世界をあちこち巡ったものだ。

ケーナも九条には「殺伐としたことばかりしなくても、心を落ち着けるにはこれだよ」と言われ、釣り道具などを譲ってもらったこともある。

趣味はアイテムコレクションだ。

ピンからキリまで、全プレイヤーにゴミと言われ見向きもされないようなクズアイテムから、競売でレア中のレアと言われるような高額アイテムまで、九条は一通り揃えていた筈だ。

守護者の塔に常備されるアイテムボックスだけでは足りずに、課金してまでアイテムボックスを増やし「まだ足りない」とか、度々ボヤいていたのを覚えている。

確かにそこならケーナの求めるプロジェクターもありそうだ。

オプスの言い分を信じれば確実にあると思われるが、とにかく膨大な数を誇るリアデイルのゲームアイテムから目的の物を探し出すのは骨が折れそうな気はしていた。

「とりあえず行ってみるかー」

見てみないことには何も言えない。

ケーナは指輪を着けた手を掲げ、本日何度目かのキーワードを高らかに唱えた。


目の前の光景がグリッドに表示された青空から、書き割りに描かれた超高層ビル群と女神像に切り替わる。

背後にズラリと並ぶのは撮影用のカメラ群だ。それが突如として現れたケーナたちを追ってグリッと動くモノだから、些《いささ》か警戒心を抱いてしまう。

そのステージの中央、床から幾らか浮いている蓮の台座に金色の仏像が結跏趺坐《けっかふざ》をしていた。

音もなく空中を移動した蓮台座がケーナとオプスの前で停止する。

その上から、胸の前で手を合わせたまま仏像が深々と頭を下げた。

『これはオプス様、よくいらして下さいました。このたびはｍｅにどのようなご用命でしょうか？』

「少々探し物があるのでな。それを確かめに。それとこっちはここの指輪の持ち主となったケーナ。スキルマスター№3ぞ。断りが後になったことは許せ」

「なんでそんな慇懃《いんぎん》無礼《ぶれい》なのよアンタは……。それと、ごめんなさいね」

悪代官のように胸を張るオプスに呆れたケーナは、仏像に対して軽い会釈をした。

『これはご丁寧に、ｍｅこそ』とか言いながら更に頭を下げる仏像。

終わらない頭の下げあいループになりそうだったので、オプスは間に入って話を打ち切る。

「ほれほれ。さっさと確認せんかい」

「わあっ、ちょっと引っ張らないでよ！」

『どうぞ、ご随意に』

オプスがケーナを引っ張って行ったのはステージの端の方にある『関係者以外立ち入り禁止』と明記された扉だ。

鍵を指輪で解いて開け放つと、オプスは勝手知ったる何とやらとばかりにずかずかと中へ入っていく。

後を追って部屋を覗き込んだケーナは、室内に並んでいるモノを見て目を見張った。

「うわあ、何よこれ……」

ケーナの塔であれば床に埋め込んである常備用のアイテムボックスが、床を埋め尽くしただけでは飽《あ》きたらず、天井や壁にまでびっしりと張り付いている。

その総数、約一五〇個。明らかにこれだけで課金された金額がとんでもないことになっている。コレクターの執念恐るべしだ。

「……コレ全部チェックすんの？」

「まあ、二人でやれば早いじゃろう。それにコレクターであるならば適当になどという入れ方はせん。家具か魔道具かの分類に分けられておるはずじゃ」

「オプスが突っ込んだんじゃなかったの？」

「渡したのは我じゃが、突っ込んだのは九条じゃな」

言ってることが違ーう！　というケーナからの抗議を涼しい顔をしたオプスが受け流す。

最初こそげんなりした表情のケーナだったが、オプスに明確な指示を出されれば素直に頷いて確認作業に移る。

サイレンやクーには指輪が使えないため、アイテムボックス倉庫には入らずスタジオの方で待機していた。

天井のアイテムボックスを引き出すのに【壁歩き】のスキルや【浮遊】などの魔法も使う。

ケーナが部屋の奥から、オプスが手前からと次々にチェックしていく。

キーであれば一々全部に目を通さずとも、あっという間に把握できるので、ケーナの方はサクサク終わっていった。

「……ウム、これじゃな」

一つ一つゆっくりとチェックしていたオプスが、部屋の真ん中辺りにあった床のボックスから横に長いコンポを引っ張り出す。

中央には丸いモノがはめ込める窪みが三つある。

ケーナご所望のプロジェクターで間違いない。

「よしよし、これこれ。ありがとうオプス」

「……普段からそう素直であれば可愛らしいものなのだが……」

「ん？　何か言った？」

「何も言っとらん」

オプスは適当に誤魔化しておく。こういった微妙な位置での関係が、今の自分に相応《ふさわ》しいと考えているからだ。

意気揚々とアイテムボックス部屋から出て来たケーナたちを見た守護者とサイレンが『お

めでとうございます』」と頭を下げる。

クーはセットの間を縫って飛び回っており、ケーナが呼ぶまで気付くことはなかった。

一度、室内から外へ移動する。

守護者の塔は一部を除いてメインルームとなる部屋に魔法無効の術式を備えているためである。

大抵は複雑怪奇な迷路を通らなくて済むように塔の守護者に外へ送ってもらうのだが、この塔（施設）は大亀の背に乗せてあるだけなので室外へ出るだけで済む。

「って、ちょっと待て……」

外へ出て漸くケーナは塔に起きている異変を察した。

移動型守護者の塔の内の一つである亀が動いていないからだ。

それもその筈。ここの大亀は前回のオウタロクエス都市侵攻時の後、クイズを勝ち抜き条件を満たした勝者の意を汲《く》んで王都前で停止したままだったのである。

今現在、亀の鼻先スレスレには樹木に同化した建物があった。あと一歩でも亀が進んでいたならば、とても酷いことになっていただろう。

当初はコースを通常の周回に戻す予定だったのだが、エクシズもお爺ちゃんも、ギリギリの戦い《クイズ》に気を取られていて、そこまで気が回らなかったともいう。

「ちょっと！　何でこんなところで止まってんのこれ⁉」

スタジオへ飛び込んだケーナは結跏趺坐している守護者に食ってかかった。

守護者はケーナの剣幕に暫し目を泳がせていたが、何かに思い当たったようにポンと手を叩《たた》いた。

『そう言えば、クイズの勝者からは動きをスタアアップ！　させろとしか伺《うかが》っておりませーん。でしたね』

「おいおい、エクシズってば何やってんのよー」

『それーに！　その後の指示はなーんにもありませんでしたので、ここから動けませーン』

ヤケに投げやりな守護者の言動に、そういえばとケーナはオプスに視線を向ける。

「指輪は最初オプスから渡されたのよね」

「うむ。そうじゃな」

「亀の暴走行為はオプスが指示したのよね？」

「うむ。そうじゃな」

「……」

「……」

無言で如意棒を取り出したケーナを見て、オプスはその場で素早く土下座した。

「すまんかった」

「謝るくらいなら最初からすんなあああっ！」

一体なぜこのような行為に及んだのか聞くと、オプスはあっさり白状した。

「プレイヤーを炙《あぶ》り出《だ》したかったのじゃよ」

「うーん。確かにプレイヤーじゃなければクイズを突破するのは至難の業よね。でもプレイヤーを探し出してどうするの？」

辛《かろ》うじて正解したからよかったものの。

エクシズすらも集まらなかった場合、オウタロクエスの王都は怪獣に蹂躙《じゅうりん》された映画の如く、瓦礫《がれき》と死者の廃墟《はいきょ》と化していたであろう。

それを考えるとオプスのやらかしたことに目を瞑《つむ》るわけにはいかない。

「いやちゃんと、ほんのギリギリ直前に止めるつもりだったのじゃぞ」

汗をだらだらと垂らしながら、とりあえずの弁明をオプスが口にする。

「ほんと？」と守護者に聞けば、ヤンキー仏像はこくこくと首を縦に振った。本当らしい。

長い年月を積み重ねた巨大な亀に見える守護者の塔は、魔力で永久に動く機関を備えた途轍《とてつ》もない魔道具のようなものである。

全体の制御は守護者によってなされ、それを支配下に治めるのがスキルマスターという訳だ。

つまり元を正せばケーナの前に指輪を所持していたオプスの凶行という。

「それよりも守護者の塔を何処かに飛ばさなきゃ」

「むう、飛ばさねばならんか？」

「こんな王都の真ん前にあったら、そこに住んでる人は大変でしょう。『何時か動くかもしれない』なんて考えたらストレスで参っちゃうよ」

「……そういうものか？」

「そ・う・い・う・も・の・な・の！」

ケーナが嫌そうにへの字口になるオプスの胸ぐらを摑《つか》んでガクガク揺さぶると、「分かった分かった、じゃから手を離すがよい」としぶしぶ納得してくれた。

問題はこんな小山のような巨体を動かす手段である。

あまりにもデカイ術を使うと、この国の女王にケーナの存在を知られる可能性がありまくりだ。

それすらも、もしかしたらオプスの策なのかもしれないが。

「ただ守護者の塔って直接の魔法は効かないんだよねえ……」

「そうじゃなあ」

守護者の塔はスキル取得の試練として使われる目的のため、非常に強固に作られている。

メタなことを言ってしまえばゲームの背景みたいなもので、プレイヤーの持つスキルで破壊することはほぼ不可能だ。

システムを宿した今のケーナにならば可能だろうが、本人が未だにその力を持て余しているので、望みは薄いと思われる。

「うう～ん」

悩みに悩んだケーナは【魔法技能《マジックスキル》】より【領域転移《アロケート》】を選択し、足元の亀の全体を領域設定してみる。

これも取得クエスト以外ではほぼ使用することのない技能《スキル》である。

そのクエストとは、好奇心旺盛な子ドラゴン（召喚魔法《サモンマジック》以外ではゲーム上存在しないドラゴンだが、クエストなどで度々出演するＮＰＣ）がダンジョンにハマってしまったのを助け出すというモノだ。

使用上の注意として、五メートル四方以上の物体と使用者を何処かへ飛ばす、という適当極まりない魔法である。

そしてその飛ばされた何処かから親ドラゴンまで子ドラゴンを護衛して、やっとクエストが終わるという面倒極まりないクエストだった。

ちなみにケーナの場合、クエスト発生場所の青の国より隣の赤の国に飛ばされ、戻るのは非常に楽であったという。

オプスの場合は黒の国の端まで飛ばされたというから、人によってその苦労の度合いは様々であり、同じクエストを経過した者だけで話すときのいい話題にもなっていた。

飛ばされて遠くへ行くのはまあいいとして、一番危惧するのは街や村に出やしないか？　といったところだろう。

ゲーム中は絶対にそんな所へ落ちない安心感があったが、ここはもう現実であるので、その可能性がない訳ではない。

そんな先のことをつらつらと考えていたが、いざ魔法を発動させたところで亀を囲んだ【領域転移《アロケート》】の光はあっけなく砕け散った。

「あっちゃ～、やっぱりかー」

キラキラと砕けた光がマリンスノーのように空気中を漂い、それに気付いた住民たちが亀を指差して何事かと騒いでいる。

目立ってしまったことに気が付き、ケーナが身を隠そうかと思った時、王城の窓が音を立てていきなり開いた。

「へ？」

そこにいたのはドレス姿の黒髪の美女である。何故か目を見開いてケーナを凝視し「伯母《おば》様！」などと叫んでいる。

何処かで聞いたそのフレーズに首を傾げたケーナだったが、その視線の合った女性が窓を開け放って部屋を飛び出し、風を纏ってケーナの傍まで舞い降りた。

「飛行魔法、じゃない【精霊魔法】⁉」

紫のグラデーションでゆったりとしたドレスに身を包み、長い黒髪で前髪の一部に青い一房を持つ気品溢《あふ》れる若い女性である。

それとは別に感じられるのはハイエルフ族の気配である。

自分ではよく分からないが、そうと分かるのはシステムの恩恵か。

クーだけは警戒した様子でケーナの髪の中に隠れず、オプスの背後に飛んで行き姿を消す。

珍しい反応だなと思いつつ、ケーナは気にしないことにした。

クーに臍《へそ》を曲げられると色々な面に支障をきたしそうだからだ。

ふわりとケーナの前に着地したその女性は、胸に手を当てて軽く会釈をし、金色の瞳で見つめてきた。純粋に尊敬の感情が宿るキラキラとした瞳にケーナはたじろぐ。

「お久しぶりです、伯母様。かれこれ二〇〇年ぶりでしょうか？」

かつてのハイエルフコミュニティで「お姉様お姉様！」とえらく懐いてきた後輩そっくりな容姿を持つ女性に、ケーナも一度会ったことがある。

まだ里子に出す前のクリエイトしたばかりのサブキャラクターは、レベル上げのためにメインキャラクターで連れ歩くことができる仕様になっていた。

妹分の後ろに立つ無表情な様子はともかく、こんなひらひらのドレス衣装でクエストに連れていくのかと、皆で心配になったものだ。

確か名前は……。

「ええと、サハラ、シェード、だっけ？」

「はい。サハラシェードです。漸くお会いできてうれしく思いますわ、伯母様」

ニッコリと微笑んだその姿に暫し見《み》惚《と》れてしまう。妹分は随分時間と愛情をかけてこの娘をクリエイトしたようだ。

「知り合いか？」と後ろから背を突いてくるオプスに「ハイエルフコミュの、サハナの里子よ」と小声で答えれば、彼が渋面になった。

そういえば妹分、サハナとオプスが顔を合わせればものすごい口喧嘩《くちげんか》の応酬になっていたのを今更ながら思い出す。未だにオプスはサハナのことが苦手のようだ。

「そちらの方は伯母様のお知り合いでしょうか？」

「ああうん。腐れ縁の友人」

「そうですか」

　ケーナがふと別の視線を感じて目を向けると、サハラシェードが飛び出してきた窓からこちらを窺う武装した一団が見えた。

「ねえ、サハラシェード」

「はい。どうか致しましたか？」

「あれ、大丈夫なの？」

「はい？　……あら？」

　後ろの窓を指差せば、振り返ったサハラシェードが少し焦りだす。

「やばっ」とか呟いているところをみるに、ようやく自分の行動を省みたようだ。

　一国の女王が身内を見付けて窓から飛び出すなんて普通はしないだろうから。

　それから余裕を失った顔でケーナに向き直ったサハラシェードは、「ここで会ったのも何かの縁、折角ですから一緒にお茶でも如何ですか？」とのたまった。

「「……」」

　窓の向こうに待つ厄介ごとから余程逃げたいのだろう。

　ケーナたちを口実にうまくお小言を躱したいようにも見え、ケーナは溜息を吐いた。

　こういうところは誰に似たのだろうか。

「まあ、いいわよ」

「え、よろしいんですか？」

「誘ったあなたが驚いてどーするのよ。オプスは？」

「こっちはこっちで飛ばす手段を考えておく。こちらのことは気にせずに息抜きでもして来るがよい」

　しっしっと手で追い払われ、ケーナは苦笑いでこれに謝っておく。目的の物は見つけ出せたので、少しお茶するくらいなら大丈夫だろうと踏んでのことだ。

　前回、あちらからわざわざやってきた使者の申し出を断ったことがあるため、罪滅ぼし的な意味も込めてである。

「……と言うか、一国の女王が窓から飛び出すってどうなのよ？」

「はしたなくて申し訳ありません。伯母様を見かけてしまってつい。ここで誘わなければ次はなさそうだったので……」

　飛び出してきた窓からは武装した一団がこっちへ敵意を向けて来ている。

　自分もあそこからお邪魔しなければならないのだろうか？　とケーナは別の意味で心配になる。サハラシェードがあの人たちを押さえてくれれば良し。でなければさっさとお暇《いとま》するしかないかな、などと考えていた。

　伯母の心の内を知ってか知らずか、「さあどうぞ」と姪《めい》が促す先には窓がある。

サハラシェードは武装した一団を叱咤《しった》して下げさせていた。

その際に「貴方《あなた》たちがあの御方《おかた》に手を出せることなどありません」とか「一族郎党皆殺しになりたくなければ」などと聞こえてきたのは空耳だろうか。

ゲーム時代にそこまで自分は凶暴だったかなあと自問自答する。

サハナの娘ならコレくらいの反応は、許容範囲なのかもしれない。

たぶん、恐らく。

飛び込んだ窓の先にあった部屋は執務室らしい。

頑丈そうな机とそこに幾らか山になった書類。ソファーとテーブルのセット。

窓から見えるのは巨大な亀の横顔である。

景観も何もあったものではないと考えたケーナは、早急に移動させねばと思った。

大きな両開きの扉の向こうからは未だにこちらを敵視する視線が幾つも感じられる。

どうやって誤解を解こうかと考えていると、扉の向こうが騒がしくなった。

どうやらお偉いさんがやって来て、武装した兵士たちを下がらせているらしい。途切れ途切れに聞こえて来る怒号から、そのように判断する。

静かになると部屋の隅に控えていた侍女《じじょ》が恭しく頭を下げ、闖入者《ちんにゅうしゃ》であるケーナを不審がりもせず、女王に言われるままに茶を用意する。

「伯母様、どうぞそちらに」

「あー、うん」

勧められるままにソファーに座る。目の前にいい香りのする紅茶が置かれた。侍女に礼を言うと目を丸くされる。

警戒もせずにカップを手に取ると、サハラシェードが対面に腰を下ろす。

「神代の物と比べると味が落ちると思うのですが」

「そんなことない。充分においしいよ」

湯気の立つオレンジっぽい液体に口をつけると、リアルの紅茶と寸分違わない味がした。神代の紅茶ってどんなだ、などと心の中で突っ込みを入れながら素直な感想を述べる。

ふんわりと微笑んだサハラシェードは手元のカップに口を付けて、ほう、と肩の力を抜いた。

ふとケーナはゲーム中には食料としての紅茶が精神力《MND》を少し上げる効果があったなと思い出し、【サーチ】を使ってカップの中身を見るが何の表示も出てこない。

悪い癖だなとケーナが苦笑していると、サハラシェードがやや呆れたような口調で尋ねてくる。

「お茶に何をなさっておいでですか、伯母様？」

「んー、ちょっと気になったんでね。無作法だったかな？」

「味を楽しんでいただけるのでしたら特には。伯母様のお好きになさいませ」

ケーナと一緒に一杯だけの紅茶を楽しんだサハラシェードは席を立つ。

目で追うケーナに苦笑いを返したサハラシェードは書類仕事に取りかかっていた。

「んー、お邪魔だった？」

「いえ。偶には誰かと一緒に休憩がしてみたかったんですよ」

要するに静かな部屋で延々と仕事をするだけなのが退屈だったらしい。

黙々と書類を片付けるサハラシェードを見て、ケーナは昔のことを記憶から引っ張り出す。

「サハナだったら細かい仕事を与えると逃げ出していたけどなあ」

「まあ、お母様が！　それは初耳です」

「大雑把だったけどね。延々と歩くのは苦にならなかったみたいだけど」

ケーナの塔に通い詰めて全色のドラゴン召喚スキルを得たのは記憶に新しい。といっても今思うとそれは二〇〇年前の出来事なのだけれど。

しばらくは紙をめくる音と、時折交わす姪と伯母の会話だけで時間が流れていく。

ケーナが話すのは辺境の村からフェルスケイロに出てきて、今に至るまでの簡潔なあらすじを。

途中にサハラシェードが疑問を挟んで来るので、それに解説を加えていたくらいだ。

そうしていて、そろそろケーナがこの場を辞そうかな？　とした時、執務室を訪れた者がいた。

「失礼します、陛下。先日の再編成の議題なのですが……」

ノックと共に部屋に入ってきたのは魔人族の騎士団長だ。

魔人族特有の褐色の肌に長い耳。特徴的な角は右側頭部から上向きに伸びる一本のみ。髪はオールバックに固め、一見すると仕事のできる管理職のような印象である。

今は鎧《よろい》を着けておらず、裾の長いゆったりとした兵士の隊服姿だ。

彼はケーナの姿を見ると軽い会釈をしてからサハラシェードの下に向かう。

どうやら先程、扉の向こうから聞こえてきた怒鳴り声は彼のものらしい。

幾つか事務的な受け答えをした後、退出する直前になって騎士団長は爆弾を放った。

「こんにちわ、小さな淑女《リトルレディ》さん。陛下のお友達でしょうか？」

「リトッ……!?」

「ぷっ、くくくっ」

初対面の挨拶が子供扱いな件について固まるケーナと、部下の酷い発言に笑い出すサハラシェード。

確かに成熟した色気が漂うサハラシェードに比べると、ケーナは圧倒的な年下感に満ち溢れ

ている。並べればどちらが年上扱いを受けるかは明白だ。

今まで「嬢ちゃん」とは呼ばれてきたが「小さな淑女」扱いをされるとは夢にも思わなかったケーナはよく分からないショックで真っ白になってしまう。

一体何の集まりなのか、自分の上司が腹を抱えて笑い出している現状にさっぱり付いていけない騎士団長であった。

ケーナは笑い転げている姪に、さっさと部下への間違いを正してもらいたいと思っていた。

その当てにしていた姪が再び笑いのつぼにハマるまでは。

「陛下？」

「サハラシェード？」

「あっはっははは……、はあ、ふう。いや、すまないなカンコウ。こちらのリトr……ぷっ、くっ」

「いや、もういいけどね」

こっちに来て以来、散々「嬢ちゃん嬢ちゃん」と繰り返し言われれば、諦めもついて皮肉も出なくなるというものだ。

ケーナは大人しく姪の発作が治まるのを待つことにする。

サハラシェードがなんとか呼吸を整えた頃には、すっかりふてくされたケーナが出来上がっていた。

カンコウと呼ばれた騎士団長は、自分の発言が元になり片方が大爆笑に、片方がお冠になっているのに気が付く。

部屋の雰囲気が妙な具合になり始めているのを肌で感じて狼狽えていたので、さすがに可哀《かわい》想《そう》になったケーナがサハラシェードに強めの【威圧】をかけて笑いを強制的に止める。

「はひっ⁉」

「何時まで笑ってるのよー」

目の笑っていない笑顔にビシリと硬直したサハラシェードが再起動する。

上目遣いでご機嫌を窺いながら「お、怒っていますか？」と問いかけられれば、機嫌の悪い演技を止めたケーナは肩を竦めた。

安心して肩の力を抜いたサハラシェードは、これ以上のヤブヘビを避けるために簡潔に伯母を紹介する。

「ではカンコウ。こちらが先日協力を断られたケーナ伯母様ですわ」

「もんの凄《すご》い私が悪いみたいに聞こえるわよ、それ」

「それでこちらが、オウ《ゥ》タロクエ《チ》スの騎士団長を任せているカンコウ。同じ里子仲間ですわ」

「へっ？」

「おお、貴女が……。父からよくお話は伺っておりました」

「……父ィ？」

いや〜な予感を感じてケーナは身構える。

サハラシェードもそんな話は初耳なのか、興味深そうに耳を傾ける。

「ええ。父はカン・ウーと言います。二十数年程前に東へ旅立ったきり、音沙汰がないのですが……」

ケーナは名前を聞いて噴き出した。

「え……、ええええっ⁉　カン・ウーさんこっちにいたんだ！」

聞き覚えがあるどころか馴染《なじ》み深い名前にびっくりし、カンコウなる人物の顔をまじまじと見つめる。

「あんまり似てないね。あっと、ごめんなさい」

「いえ、よく言われることですから」

ポロッとこぼれてしまった呟きに慌てて謝罪するが、カンコウは首を振って苦笑いだ。

「伯母様。カンコウの父君とはお知り合いなのですか？」

「うん、色々と。まあ色々と」

ゲームだった頃のことに思いを馳《は》せる。

色々な思い出がザーッと流れて行くが、彼はその中でも色々と濃い人だったなあ、と。

カン・ウーという名のプレイヤーとは、それなりに親交があった。

まだ桂菜《けいな》が存命中だったゲーム時代の後半時期に、色々なイベントやクエストで臨時ＰＴ《パーティ》を組むことが多かったプレイヤーだ。

二人だけで組んだこともあったし、レイドボスに大人数で立ち向かうこともあった。

〝くりーむちーず〟ギルドメンバーと共に最終クエストを請け負った外部協力者（京太郎他数人）の一人で、限界突破メンバーでもある。

名前の通り三国志かぶれで、外部エディッタを駆使して外見をアジア系おっさんにした珍しい拘《こだわ》りを持つ。ある意味有名な異色プレイヤーだ。

周囲に西洋系な顔立ちが多い中、一際目立っていたのをケーナは記憶している。

性格はもう竹を割ったようなさっぱりとした人物で。細かいことは気にしない、弱きを助け強きを挫く、曲がったことは大嫌い、という正義感溢れる人物だ。

溢れ過ぎた性格が逆に騒動を引き起こしたこともあり、色々な意味で記憶に残っている。

「でも二十数年前？　そんなに経ってないんだ。会ってみたかったなあ」

「まぁ、あの豪快な父ですから、何処へ行っても基本変わらないと思います」

「東へ行ったって聞こえたんだけど、もしかして山脈を越えて行ったの？」

「もう、穴でも開けながら突き進む勢いで行ってしまいましたからねえ。元気にしていればいいのですが」

（山脈越え？　山脈って確か……）

ゲーム時の東の山脈というのはアップデート待ちの新エリアという扱いだった。

コーラルと話した時もその話題はなかったので、アップデート前にゲームが終了してしまったと思われる。

詳細くらいは知りたかったと思ってしまうのは、廃人の証か。

現実となった今では剣の切っ先のような頂の山々が連なっているが、プレイヤーだとしたら山越えは難しくないだろう。

問題はケーナの持つシステムの力が山脈の向こうまで及ぶかだが、戻ってこないというのならば、システムの効力外となってしまいプレイヤーとしての能力を失ったか。設定年齢が三十歳を越えていたはずなので、旅先で根を張ったか。

下手をすると何かの原因で亡くなっているのかもしれない。

さすがにそこまで口にするのは憚《はばか》られるので、同調したように頷いておくことにした。

「そうね。山の向こうでも猪突猛進《ちょとつもうしん》して行って、更にその向こうに突き抜けているかもしれないね！」

「いい得て妙ですね。自分の生きているうちにまた会えるといいのですけれど」

「でも東かぁ。暇になったらそっちへ街道を作ってみるのもいいかもしんないね」

オプスの話からすれば、リアデイル地域に住み着いた者たちは、夢に導かれてあちこちから集ったと言う。

ならばこの地域以外にも国があって然るべきだろう。

かつてのゲーム中で東側未設定区域（ただのモンスター生息地なだけだった）が整備されていれば、もう一つくらい国が増えていたかもしれないが。

カンコウが上機嫌で退出した後に暫しの静寂が室内に戻る。

サハラシェードは侍女に紅茶を淹《い》れなおしてもらうと、彼女に席を外すよう促した。侍女がお辞儀をして部屋を退出すると、サハラシェードの纏う空気が張り詰めた物になる。

何やらここで席を立ちたい、などと言うのも憚られる雰囲気にケーナの背筋が自然に伸びた。

「伯母様がお帰りになる前に、少々お尋ねしたいことがありまして。よろしいですか？」

「聞きたいこと？　うーん、構わないけど。でも私に答えられるものにしてね」

真面目《まじめ》な雰囲気をぶち壊さないようにおどけてみせるが、サハラシェードの凛《りん》とした態度は揺らぎもしなかった。

何を聞かれるのかとケーナは身構える。

「廃都のことなのですが……」

「あー、廃都のことかー」

そういえばコーラルから聞いて以来、オプスにそれらのことを問うのを忘れていたと思い出す。

だいたいオプスから告げられた衝撃的な事実の方ばかりに気を取られ、そっち方面をすっかり忘れていた。

（キーが気付いて言ってくれればなあ）

『事前ニ言ワレテオリマセンデシタシ』

（あ、はい。私が悪うございました）

「ごめんごめん。そっちについては私も全然分からないんだ。今度、オプスを締め上げるんで、何か分かったら連絡するね」

「オプス？　何者ですか？」

「オペケッテンシュルトハイマー・クロステットボンバー。魔人族の男で腐れ縁の友人だよ。さっき私と一緒にいた」

「ああ、あの方ですか。伯母様にも友人っているのですね」

「どーゆー意味よそれ……」

息子や娘、姪までにも碌《ろく》な認識を持ってもらえないことに涙するケーナだった。

「しかし、あの方……」

あの方とはオプスのことを指しているのだろう。サハラシェードの表情が難しいものになる。

どちらかというと受け入れがたいようにも感じた。

「オプスのこと？　会ったことあったっけ？」

サハラシェードがサハナはオプスに連れられてきたのは一度だけだと記憶している。

一緒にいると、サハナはオプスの方に噛《か》み付《つ》くことが多い。なのでハイエルフコミュニティと行動する時は、オプスと会わせないようにしていたものだ。

「いえ、直感でしかないのですが」

「直感ん？」

「きっと馬が合わないと思いますね」

「ぶっ！」

母娘《おやこ》揃ってそこは同じなのか。

ケーナは驚くより先に、こみあげてきた笑いを堪えることができないままに解き放つ。

「あはははっ」

「って、何で笑うんですか！」

「いや、なんで、ってっ、ふっ、くくくっ」

さっきはこちらが笑われたし、これで相殺だろう。

サハラシェードが「何で何で」と膨れる中、ケーナは笑い続けていた。

「いやー、ごめんごめん。あまりにもそっくりだったからさ」

「分かりました、母上もあの方を嫌いなことが。それだけ分かれば十分です」

笑ってしまった理由を懇切丁寧に説明したというのに、サハラシェードは臍を曲げたままだった。

ケーナもこれ以上の弁明は思いつかないので、素直に頭を下げるしかない。

それほど怒っていなかったようで、逆に「拗《す》ねてしまっただけです。すみません」と謝られた。

それからちょっとしたやり取りを経て、ケーナは腰を上げた。

「そろそろお暇しなきゃ。あれも待ってるみたいだし」

窓の向こうの亀の甲羅の縁には、遠くを見つめながらケーナを待っているようなオプスの姿がある。

さっき言っていた何かの算段が付いたから戻って来い、と言いたいのだろう。

「メールなりなんなりで呼べばいいのに」

『アレニシテハ気ヲ遣ッタノデショウ』

「珍しいこともあるなあ」

サハラシェードに断って窓を開ければ、マントの端を摘まれる。

「あ、あの、伯母様、また、会ってはもらえませんか？」

「そうね。そっちの仕事の邪魔にならない程度ならね」

モジモジとしおらしいサハラシェードの頭をついつい撫でてしまう。

自分の子供でもないのに馴れ馴れしかったかな。

と思ったがサハラシェードの方はまんざらでもないようで、花がほころぶような笑顔を見せた。

「はい！　いつでもお待ちしておりますね」

「ああ、うん。でももう窓からは来ないから」

「門番には言っておきますから、心配いりませんよ」

許可はあってもいい顔はしそうにないと思いながら、ケーナはサハラシェードの部屋を後にした。

「お待たせ」

「うむ」

オプスの下に辿《たど》り着《つ》き、後ろを振り向いてみたらまだ手を振っているサハラシェードがいる。

小さく振り返すと、そこで漸く室内に引っ込んだ。

「お主の関係者は要人しかおらんのか？」

「里子たちの身分に関しては、私が関係してる訳ないでしょ！」

それはケーナも首を捻る疑問なので、オプスにとやかく言われる筋合いはない。

「分からんぞ。もしかしたらお主の中にあるシステムが、都合のいいように解釈しているのやも知れぬ」

「え、ウソ!?」

ガガーンとケーナの背後に雷が落ちる。

可能性がないとも言い切れないので、ショックを受けたケーナの足元がふらついた。

『システムニソコマデ行ウ判断基準ハナイハズデス』

「ばっ。蛇め、そこで頷いておれば面白いというのにっ」

すかさずキーがその可能性を潰したので、ケーナに入ったダメージは少なかった。

しかし口を滑らせたオプスに刺すような視線が向けられた。

それはケーナからだけでなく、オプスの頭上にもその気配はあった。

嫌な予感にオプスがおそるおそる振り仰ぐと、赤い矢印を振りかぶったクーが飛んでいる。

「どおおっわっ⁉」

風を切り裂くスピードでクーの振り下ろした矢印から逃れる。

クーの手から投げ下ろされた矢印はというと、全長の半分ほどまで甲羅に刺さっていた。

サブシステムの恩恵かどうかは不明だが、威力だけは恐ろしい。

「ハズレたー」

「クーちゃん恐ろしい子っ」

「今のはご主人様の自業自得ですね」

「あー、オホンゴホン。先程の話じゃがな……」

サイレンに諌められたオプスは誤魔化すように咳《せき》をして、無理やり話題を変える。

「クーちゃん、さっきは何でサハラシェードから逃げたの？」

「あれ怖い人」

「サハラシェードが？」

「うん」

ケーナの下に戻って来たクーに逃げた理由を聞いてみたが、返ってきた答えはよく分からないものだった。サハラシェードの何処に怖い要素があったんだろうと首を捻る。

幾らか会話をしてみたが、最後の廃都のこと以外こちらを探るような意図はなかったように思う。

そうでなければケーナが迂闊《うかつ》なだけで、既にこっちとの会話から色々なことを読み取っているとか。

とはいえ、ケーナから搾り取れるのは身内話の他はプレイヤーの情報くらいだ。

さすがにシステムのことまで口を滑らした覚えはないので、ケーナに直接関わることはないと思われる。

「話を聞け、というとるじゃろうが」

「あ、ごめん」

クーがサハラシェードを嫌う理由というものに考えを巡らせていると、オプスがケーナの頭を強引に自分の方へと向けさせた。

何か言いかけていたっけと、改めてオプスの言葉に耳を傾ける。

「説明と言ってもそれほど難しくはない。お主が【遮断結界《しゃだんけっかい》】を張り、我がその領域を別の場所に繋《つな》げるだけじゃ」

「……それだけ？」

「それだけじゃが、この大亀を囲むほどの【遮断結界】じゃぞ。お主に張れるか？」

「張れるか張れないかは、やってみないと分からないけれども」

ケーナは甲羅の上をぐるりと見渡し、縁まで行って大体の高さを目測で計る。

「たぶん大丈夫じゃないかな」

自信がある訳でもないが、自分の中で誰かが「やれる」と太鼓判を押してくれているのを感じる。それに従いオプスの疑うような視線を撥ね除けた。

しいて言うのならば、ケーナは完全にソロでやるわけではない。

「んじゃ、キー、クーちゃん。協力よろしく。オプスは何処に繋げるか知らないけれども、この質量で大丈夫なの？」

「こっちの心配など無用の長物じゃ。そっちの制御に集中しとれ」

「制御要るかねえ」

すう、と深呼吸し肩に座ったクーと視線を交わす。

「何時でもいいよー」と笑うクーに頷き返すと、ケーナは目を閉じてキーが脳内に展開した範囲いっぱいに【遮断結界】を膨張させる。

城の窓から見上げていたサハラシェードの目には、巨大亀を余裕で包み込む結界が瞬時に展開されたのが見え、驚きに目を見張るよりも早く亀は結界ごと消失した。

瞬きする暇もない出来事に、城下町の方からは戸惑いや不安を隠せないざわめきが広がっているようだ。

ケーナの力量は疑っていなかったが、こうもあっさり行うとは思わなかった。

サハラシェードは侍女に「今の出来事は信頼できる術者に行わせたものだから、街には何の影響もない」という伝言を騎士団に届けさせた。

カンコウであればその意図をくみ取って、部下を城下町の方へ走らせてくれるに違いない。

伯母のことを部下のように扱ってしまうが、民たちを安心させるためだから大目に見てくれるだろう。

そうしてサハラシェードの視線は今さっきまでケーナがいたソファーへ。そこからテーブルの上に山と積まれた赤い液体の瓶へと向かう。

これはケーナが『そう言えば、騎士団に怪我人《けがにん》が出てたとか聞いたんだよね』と置いて行ったものだ。

『よくご存じですね？』

『フェルスケイロ襲撃戦の後にスカルゴから聞いた。作って溜まるばっかりだし、使ってね』

一本を手に取ってみるも、その価値に溜息が出る。

この一本だけで、瀕死《ひんし》の重傷を負った兵士が四人以上跳ね起きる効果を持つからだ。

里子であったサハラシェードやカンコウならよく知るこのポーションは、二〇〇年前なら一

○○○ギル程度で流通していたごく一般的なアイテムである。

　そのまま現在の価格に換算すると、金貨一○○枚以上に相当する極上のアイテムとなってしまう。

　しかも今となっては製法が失われ、ひとたびダンジョン等で見つかれば争うように高値で取引される代物なのだ。

　以前、ロプスがケーナに告げた危惧はこういった理由から来るものである。

　そんな一財産になるものを纏めてポンと置いていかれては、女王であっても唖然《あぜん》とするばかり。

　それとは別にサハラシェードは驚くことがあった。

　国主として何度か対談したことのある人物、大司祭のスカルゴがケーナの息子だったことだ。改めてケーナから聞かされたことに驚愕しか感じない。

　よくスカルゴが母親を褒《ほ》め称《たた》える言葉は聞いていたが、彼が固有名詞を出さなかったために、それがケーナのことだとは思わなかったのである。

　つまり二人は従兄弟《いとこ》同士になる訳だ。

「次に会った時は伯母様の話題から出せば、スカルゴ殿ともう少し込み入った話ができるかもしれませんね」

口にすれば自然に笑みがこぼれて来る。

母親であるサハナが行方知《ゆくえし》れずの今、身内と呼べるのがケーナだけでない興奮に躍り上がって喜びたい。この嬉しさを誰かと共有したいという思いでいっぱいだった。

とは言え喜んでばかりもいられない。自分の仕事はまだまだ山積みなのだから。

ポーションは新たに呼んだ侍女がおっかなびっくり纏め、医療担当官のところへ持って行く。

景色がよく見渡せるようになった窓のカーテンを閉めたサハラシェードは、自分の仕事を再開するために山積みの書類から一枚を取った。

「さて、後は伯母様任せ、と言うしかないわね……」

次に会う時には廃都の情報が聞ければいいと希望的観測を張り巡らせる。


――轟音《ごうおん》と大揺れ。

巨大亀諸共ケーナたちが出現した場所は、直前の心配し過ぎが空回りする山の中であった。

周囲を見渡してみれば森森森、もいっちょ森、というような光景である。

ただ前方に見覚えのある山脈が見えるところから、大陸の東の端に近いところだ。

といっても山並みを完全には記憶していないので、正確な位置は分からない。

「み・ど・りー！」

クーが深呼吸して感動したように声を上げている。

「何処ここ？　何処に飛んだの？」

ケーナは【遮断結界】の制御を切って、クリアになった視界に目を瞬かせる。

見覚えのあるようなないような？

ただ、本能的に感じる北方側にエッジド大河の流れが見えないので、辺境の村の近辺でないのは確かだ。

「ケーナ様」

「何、サイレン？」

「そこの縁から下を見ればお分かりになるかと」

「下？」

サイレンの導きに従い、甲羅の縁から下を見下ろしてみれば、上から見下ろす形ではあるがなんだか家屋の並びに覚えのある村が見えた。

村人たちの殆《ほとん》どが家から飛び出し、村に滞在する冒険者たちと一緒になってこっちを見上げて何か騒いでいるようだ。

というか大半の人々がパニックを起こして右往左往していることから、大混乱になっているのが見て取れる。

「ダンジョン村じゃないのよ」

やり切ったという表情のオプスを見れば、腕を組んでふんぞり返っていた。

「この亀はオウタロクエスの貴重な観光資源じゃからな。国から出す訳にもいかぬじゃろう。その辺りを考慮したところで移動させる目標となる場所がここしかなかったんじゃ」

「だからってこんな至近距離にすることはなかったでしょーが！」

巨大亀の足の先数メートルに、村を囲む壁がある。

しかも首都からこちらに移動する際の高度の問題が解消されておらず、足が幾らか地面にめり込んだ衝撃で地震のようなモノが発生したらしい。

壁の何ヶ所かと、村の家屋の幾つかが傾いているようにも見える。

「ど、どどど、どうしよう⁉　片づけを手伝うべき⁉」

「ケーナ様、落ち着いてください」

「そうじゃ。幸い甲羅の上側は下から見えないようにしとるからな。誰も人の所業とは思うまい。この亀自体が神秘の塊という言い伝えじゃからな」

右往左往しだしたケーナをサイレンが押し留め、オプスが下方をチラリと見るくらい。

「何時の間にそんな用意周到なことを……」

責任を被らないようにする悪知恵だけはゲーム中と変わりないらしい。

「それにあの村にはプレイヤーがそれなりにおる。何とかするじゃろうて」

「え、そうなの？　私そんな人見かけた覚えなかったけど」

「我と違い『銀環《ぎんかん》の魔女《まじょ》』はそれなりに知名度も顔も広がっておったからのう。恐れをなして隠れておったんじゃないかの」

「ぐふっ⁉」

トラウマを抉《えぐ》られるようなコークスクリューブローを精神に喰《く》らい、ケーナは手で顔を覆う。

あの二つ名のせいで、公開された動画のせいで、と運営に対して恨みは尽きない。

辺境の村付近でソロをやっていた理由の一つも、碌に野良《のら》パーティが組めなかったせいだ。

ケーナの心の内を知ってか知らずか、オプスは皆を纏めて辺境の村へ連れ帰った。


オプスたちが去った後。

渦中のダンジョン村ではイェーガーが「これがハイマーが言っていた不測の事態か？」などと呟いて、ない知恵を絞って苦悩していたとかいないとか。

# 第二章
# 提案と、希望的観測と、依頼と、試験官と

巨大亀の問題が片付いた？　となっている出来事から数日後。

ケーナはマレールに交渉を持ち掛け、無事にプロジェクターを宿屋の食堂に置かせてもらうことに成功していた。

第一には村人が集まる場所であるところ。

第二には食堂であれば、多人数が集まっても問題がないことだろう。

プロジェクターには三つの【対《つい》の瞳《ひとみ》】がセットできるところから、各地に対となる片方の【対の瞳】が置ければ、問題なく映像が見られる。

片方の瞳で見た物は、プロジェクターにセットした瞳の上に大画面、二メートル掛ける四メートルくらいの大きさで映し出される。

問題は置く場所だ。

【対の瞳】自体は不気味な見た目でも、それに防衛装置が組み込んである訳でもなければ、自動で対象を選別する物でもない。

ゲーム中であれば、ケーナがやったようにプレイヤーの誰かが自分の周囲に固定して移動し、拠点でクエストの過程などの実況を見ていた。

だが、今の世界で頭の上に巨大な目玉を乗せて街中を歩けば、衛兵に捕らえられるような案件であるのは明白である。

なので信頼できる所に預けて、そこから中継してもらえればいい。

そこでケーナが思いついたのは守護者の塔だ。

ケーナの塔の壁に埋め込まれて動けない上に、手も足もない守護者に【対の瞳】を預けてどうすればいいのかと思うかもしれないが、守護者は塔内であれば万能である。

侵入者というか挑戦者を監視するために、幾つもの監視映像をスキルマスターの周囲に浮かび上がらせることができるのだ。

そういった機能を使って、守護者のいるエリアに置いてきた【対の瞳】に中継できるように、塔の周囲の光景を映し出してやればいい。

ケーナの壁画の守護者は「目玉のお守りかよォ」とか不満たらたらであったが、クーの「できないんだー。へー」というおっかない笑顔にあっさり白旗を上げていた。

残り二つの内一つは闘技場の煙の守護者に預けようと思っている。

奇《く》しくも近々闘技祭《とうぎさい》が行われるというので、その様子でも映せればと考えていた。

【対の瞳】だけでやり取りさせると音は届かないが、プロジェクターを介してであれば音なども届けられる。

ただ、今現在映し出されているケーナの塔の周辺では、ほぼ音はない。

あったとしても塔の頂上付近に響くゴウゴウという強風の音か、時々何処《どこ》からか聞こえて来る高々度を飛翔《ひしょう》する鳥の鳴き声くらいだ。

　リアルタイムで周囲の光景を映し出す都合上、映像のお披露目は昼間になってしまったが、村人たちが一斉に度肝を抜かれるという有り様はケーナの満足するものだった。

　塔の頂上から遠くまで続く周囲の風景が眺められるのである。

　普通の村人が一生に一度拝められるか、と聞けばほぼ無理な状況だろう。

　ケーナの守護者の塔より高い場所を探すとなると、隠《かく》れ鬼《おに》の浮遊する守護者の塔くらいしかなさそうだ。

　三国のどの王都でも超高層ビル群と比べたら低い建物ばかりなのだから。

　中でも村人が目を見張り、次に顔をほころばせたのは、見下ろす形で映し出された村の情景であった。

　もうそこまで行くと人の姿など米粒以下の大きさでしかなかったが、皆がそれぞれ「ここは自分の畑だ！」とか「ここは私の家だわ！」と手を叩《たた》いて喜んでいた。

　さすがに夜になると村に灯《とも》る明かり以外に光はないので、壁画の守護者も何処を映していいか迷っているようだ。

　夕方になると地平線に沈む夕日を映し、それが終わってオレンジ色の空が紺色に染まった後はぼんやりと家々の小さな明かりに彩られる村を映して、夕飯を食堂で取る村人たちを楽しませている。

昼間も季節の移り変わりがなければ変化のない周辺の森林や、村の北方の森林を縫って蛇行するエッジド大河の雄大な流れが映し出されていた。

オプスが「国境の砦《とりで》などは避けた方が良いじゃろう」と忠告を入れてくれたので、壁画の守護者にもその旨は通達してある。

時折、ゆっくりと回転して映し出される中に、国境の砦らしきものの端が見えた瞬間、視点が上へ跳ね上げられたりして空一色になったりするのが面白い。

なんとなく壁画の守護者の慌てようが手に取るように分かったりして、少し笑えてしまうのだった。

村人たちも手が空いたと言って、昼間にちょっとだけ食堂へ足を向ける人もいるようだ。

マレールがそう教えてくれて、ケーナは迷惑になっていなくて良かったと胸を撫《な》で下《お》ろす。

「ちょいと景色を見ながら、といって酒とツマミを頼むのもいてねえ。うちが儲《もう》かるのはいいんだが、逆に女たちの財布の紐《ひも》が固くなりそうで怖いところだね」

カウンターの向こうで呆《あき》れ気味に笑うマレールの視線の先では、ルカとリットがじーっとプロジェクターに映し出される遠景を眺めていた。

最初に映し出された光景に喜んでいた二人ではあるが、何日かすると何かを捜している様子が見て取れた。

やがて二人が揃《そろ》って尋ねて来たから何かと思っていたら、銀色の塔が映し出されることがないのを不思議に思っていたらしい。

「ああ、あれはその塔から周囲の風景を映しているのよ」

「そう、なんだ」

「そうなんだね。なくなっちゃったわけじゃないんだ！」

そこを心配していたのかと嬉《うれ》しくなって、二人をギュッと抱きしめたのは記憶に新しい。

最初の頃のマレールの反応からいって、守護者の塔イコール恐ろしい銀環《ぎんかん》の魔女《まじょ》が住む所、という印象があったので、風景内には入れないよう壁画の守護者に言っておいた。

映し出すことはできるが、不穏の影はない方がいいという配慮であった。

銀環の魔女がケーナだと知っている数少ない理解者の二人には、話しておいた方が良かったのかもしれないと反省する。


「ケーナよ。そろそろあれも手を入れたらよいのではないか？」

「いきなり何？」

貯蔵庫に作ったばかりのウイスキーの樽《たる》を放り込んでいると、眉をひそめたオプスが前置きもなくケーナに話しかけて来た。

傍《かたわ》らでは貯蔵庫の中に在庫が幾つあるかを数えてメモしていたルカが、不思議そうにオプスを見上げている。

「じゅうに！」

「じゅう、に？」

そのメモを横から覗《のぞ》き込《こ》んだクーがミスを指摘し、それを聞いたルカが訂正をするという微笑《ほほえ》ましい光景が繰り広げられていた。

売買用の酒の管理はロクシリウスが担当していたのだが、今は手持ち無沙汰だったルカがそれを手伝っている。

マレール曰《いわ》く、普通の村の子であれば母親にくっついて日々の仕事を覚えるのが普通らしい。だがルカはケーナが引き取ったため、その習わしが正常に行われる環境にないそうだ。

ケーナ家では家の仕事をメイドと執事で分担して行っている上に、母親役のケーナが冒険者をやっているせいで、義娘であるルカが学べるようなところがない。

その辺をマレールに指摘されたサイレンが調整し、ロクシーヌたちで料理の手ほどきをしている最中だ。

売買用の酒の方はロクシリウス主導で進めているところに、助手のような形でルカを割り込ませ、ゆくゆくは仕事を任せるつもりらしい。

そうなればロクシリウスは、ケーナたちが不在の時に村の防衛をメインに担うようにすると聞いた。

それでもまだ今すぐという訳ではなく、完全に任せるようになるのはまだまだ先の話だ。

「あれじゃあれ」

「あー」

オプスに背を押され、ぐいぐいと連れていかれたのは、井戸に設置してある履帯構造の水《みず》汲《く》み機《き》のところだ。

オフラインクエストの通りにするならば、取り替えろと言いたいのだろう。

「特に不自由を感じている人もいないし、このままでいいんじゃない？」

「またお主は聞きもせんでそんなことを……」

渋い顔で大きな溜息《ためいき》を吐《つ》いたオプスも、諦めの境地に入ったような顔をして何処とも知れぬ方角に目を向けた。

「いや、聞いてしまった我が言うことではあるまい」

「なんだ。もう聞いちゃった後なの？　そんな態度ってことは『これ以上は分《ぶん》不《ふ》相応《そうおう》だ』とか言われた訳？」

『充分便利にやらせてもらってるよ』と誰もが異口同音じゃったぞ」

「あははは、あんまり利便性がある施設だらけになっても戸惑う姿しか想像できないよ」

「無欲な者たちよな」

オプスからすれば、オフラインクエストのように村中を便利な道具で埋め尽くしたいのだろう。その過程を経て村は砦へと進化を果たす。

さすがに今この状態でそんなことをやったとして、進化するメリットはない。

いくらケーナの中にシステムがあるといっても進化する確証もないからだ。

実証してみようなどという気も起きない。

強引に事を進めようとすれば、村人たちの意向に任せるケーナを敵に回しかねないので、オプスはこの議題を放棄することにした。

「あ、でも」

何かに思い当たったようにケーナが手を叩くので、オプスは足を止めた。

「オプスが言ってるのって、青銅製の汲み上げ式ポンプのことでしょ？」

「そうじゃな」

「だったら設計図だけでも引いて、組み立てと販売は専門家に任せちゃえばいいんじゃない？」

「専門家？」

首を捻《ひね》るオプスの手を引いて、ケーナがまず向かったのは自宅であった。

まず、オプスに汲み上げポンプの設計図を描かせる。

これはスキル【製図】が使えるので、特殊な道具も何も必要なかった。

紙を前にしたオプスが【製図】を使い、空中に目的の設計図を描く。

これは一度でも作ったことのあるアイテムを、設計図に描き起こすスキルだ。

それを【転写】スキルで紙にプリントする。

ゲーム時には額縁に入れて部屋を装飾するだけのことしかできなかったアイテムだ。

今となっては、これほど他人に説明がしやすい方法もないだろう。

クロウラー式井戸の説明にも使えたはずなのだが、当時のケーナはこのスキルのことをスッパリ忘れていたのだ。

「死にスキルとか、無用のアイテムとか多すぎるもんね」

「あのなあ、当時のスタッフの苦労も考慮に入れるべきじゃぞ。あまり褒められた行為でないのは確かじゃが」

遠い目をして哀愁を漂わせるオプスに、ケーナは嫌な予感を感じて止めようとした。

「最初の頃はまあ良かったのじゃが、数が増えて行くにつれ、ランダムで広辞苑《こうじえん》から単語を引いていって、それが有用かどうかを決定する企画会議が、どんどん闇に踏み込んで行ってのう。最後の方は全員脳が死んでいた気がする酷《ひど》い有り様じゃった。誰も止める者がおらん上に、スキルの数がゲームのアイデンティティだったと主張するスタッフが多いこと多いこと。挙《あ》げ句《く》に一部の人員を切り離して、スキル課なる物を発足させるような事態に発展しおった。その課からは毎夜毎晩視覚化した闇が、廊下に漏れ出ているような……」

「はい！　この話終わりっ！　終了！」

自分から沼に踏み込んでいく気はないケーナは、場の空気を断ち切るように手刀を振り下ろしてオプスの話を断ち切る。

死んだ魚の目になりかけたオプスを見るのが辛かったともいう。

スキルの数が多いのも大概であったが、スタッフ側の苦労も闇が深かったようだ。

今となっては、後悔しようがしまいがどうでもいいことである。

それからルカとロクシーズに「フェルスケイロに出かけて来るね」と言っておく。

勿論《もちろん》クーはケーナの傍を離れないので同行者に組み込まれたが、ルカはそう頻繁に王都まで出る気はないらしく、素直に留守番を選んだ。

同じ理由でリットも留守番を選んでいた。

ケーナが少しふざけて「ルカ、付いて来てくれないの？」と泣きそうな演技をしていたら、あたふたと慌てていた。

すぐに演技を解くと、からかわれたと知ったルカが膨れっ面をして「ケーナ、おかあさん、きらい」と言ったものだから、逆にケーナが酷く慌てる事態になったのは余談である。

オプスはサイレンを同行者に選んでいたので、ロクシーズのホッとした顔が随分と印象的だった。

知らないところで家庭内恐怖政治が敷かれているようだ。

移動は守護者の指輪を使う。

【転移】でもよかったが、オプスというスキルマスターの存在を守護者に知らせておく必要があったからだ。

ケーナはオプスと共に№1の守護者の塔であるシロナガスクジラの中に飛ぶ。

目論見《もくろみ》としては、オプスの反応が見たかったこともある。

「これはこれ」パタン「はマスター」パタン「ではないか」パタン「今日はどの」パタン「ような用件」パタン「だ？」パタン。

早速の開閉式守護者の洗礼が、初見のオプスとサイレンを襲う。

二人は大きな振り子時計の窓を、蛇腹に繋《つな》がれて出たり入ったりしながら喋《しゃべ》る黄色い小鳥の守護者を見て、目を点にしていた。

ケーナもそんな表情のオプスを見るのが珍しいので、ちょっと得した気分だ。

「ごめん、特に用って程のことはないのよ。転移場代わりに使わせてもらったわ」

「構わん。我」パタン「らは道具だ」パタン「からな。使」パタン「われてこそ」パタン「真価を発揮」パタン「する」パタン。

随分と自分の価値を割り切った守護者だと感心する。

それもそういうふうに設定したマーベルリアの拘《こだわ》りなのかは分からないが。

サイレンに至っては同調するように頷《うなず》いていたりする。

いやいや道具扱いに疑問はないのか、お前は。

思わずケーナが心配になってしまうほどの、低い自己評価であるのは間違いない。

ただこれについてはそのように設定したオプスが悪い。

ツッコミの域を超えた鋭い肘打ちがオプスの脇腹を襲う。

「連れの兄さ」パタン「んがいきな」パタン「り崩れ落ち」パタン「たが、大丈」パタン「夫なのか?」パタン。

「いつものことよ。気にしないで頂戴」

ぶっきらぼうに言い放つケーナであるが、その纏《まと》う雰囲気に守護者も見なかったことにしたように黙る。

サイレンは何時《いつ》ものように、自分の主人を汚物でも見るような視線で一瞥《いちべつ》しただけだった。

この主従は時々繋がりがよく分からない時がある。

辛うじてサイレンがオプスの一歩後ろを歩く以外は、上下関係が逆転しているような気がしてならない。

ケーナは椅子に腰かけた木人形にＭＰ《マジックポイント》を補給しながら、最近の守護者の塔近辺で変わったことがないか聞いていた。

「あることは」パタン「あるが、特」パタン「には変わっ」パタン「とらんな」パタン。

「え、それだけ？」

「最近変わっ」パタン「たことと言」パタン「えば、住民」パタン「が水面にも」パタン「献花台を設」パタン「置しようと」パタン「しているく」パタン「らいか。ど」パタン「んどん周囲」パタン「が花で埋ま」パタン「ってきてい」パタン「るような気」パタン「がしてなら」パタン「ない」パタン。

守護者の塔の周囲がパネル画面となって守護者の部屋の中に散りばめられる。

中洲の上流側に浮かぶシロナガスクジラの巨体の鼻先には、切り花がもう層の壁となって積み上げられている。

積み上げられた下の方は潰れてやしないかと思うだろうが、最近は花を保存する魔法が掛けられているようだ。

そのままの状態でドライフラワーになった壁として機能していた。

「信心深いのはいいとして、そこまでやるかね？」

今は巨体の周りの水面に筏《いかだ》が連結されて臨時の桟橋となり、そこも献花台とされている。

「妙《みよう》な拘りに労力を使いおって」

衝撃から立ち直ったオプスも、これには呆れるばかりだ。

「動く予定は」パタン「ないから構」パタン「わないとは」パタン「思うのだが」パタン「マスターよ」パタン「神扱いの対」パタン「価くらいは」パタン「渡して然《しか》る」パタン「べきではな」パタン「いか？」パタン。

「うーん。考えとく？」

饒舌《じようぜつ》な守護者にそう言われればそうかもしれない気になってしまう。

そういった場面に使えるスキルがあったかなと、ケーナはとりあえず考える。

だが、オプスはその考え方に難色を示した。

「神ならばそう軽々しく力を振るうべきではなかろう。上位存在としてその場にどっしりとあるべきじゃ。花程度の対価に微々たる力を施《ほどこ》しては、威厳が霞《かす》むわ」

「……」

「な、なんじゃその疑いの目は？」

「いや、疑ってるんじゃなくてびっくりしてるんだって。何そのオプスの上位存在として振る舞ったような言い方。もしかして経験があったりするの？」

「あるわけがなかろう。あるとしたらそれは我でなくお主の……」

「私の？」

「い、いや、何でもない。忘れよ」

非常に興味の湧くことを言いかけて止《や》めたオプスが気になり、ケーナは視線を逸《そ》らす彼の周りをうろちょろと回ることとなった。

「え～、気になる気になる気になる～。私が何だって？」

「ええい、駄々っ子でもあるまいし、要らんことに首を突っ込むな！」

第三者から見ても話を誤魔化そうとしているのは明白であった。

これにはキーであっても援護ができなかった。実体があったら「ヤレヤレ」と肩を竦《すく》めていたに違いない。

しかし意外にもそこに割って入ったのはサイレンであった。

「それでケーナ様。周囲がこれだけ衆目に晒《さら》されている中、外にはどうやって出るのですか？」

「あ、うん。大丈夫大丈夫。そこは場を確保してあるんだ」

普通守護者の塔に入る時は指輪を使うが、出る場合は塔によってまちまちである。

九条《くじょう》の亀の場合は、テレビ局に模してある部屋を出て高い所から降りれば済む。プレイヤーであれば幾らでも方法があるから、特に問題はない。

リオテークの竜宮城の場合は水面に投げ出されるため、そこから自力で陸地に戻る手段が必要だ。

京太郎《きょうたろう》の闘技場の場合は観客席に出されるので、現在であれば闘技場の管理人に隠れて退出する手段が必要になる。

ケーナの塔とオプスの塔は外に出されるだけなので簡単だ。

人の目がほぼないような場所なので、隠れたりする必要はない。

ただマーベルリアの塔はシロナガスクジラの胴体の上だ。確実に周囲の、巡礼にやってきた民衆に見付かってしまう。

今は一応神使《しんし》という扱いになっているので、足蹴《あしげ》にしているところを目撃されれば言い訳のできない事態になってしまうのは明白である。

そこでケーナはできるだけ遠くに出口を設定できないかと、守護者と検証してみたことがある。

実験の末、出口はこの王都内の何処にでも設定できるということが判明した。

それが中洲より離れた何処ぞの路地裏だったとしても、人の目につかない場所というのはそう多くはない。

いっそのこと何処かの部屋を長期に借り受けた方がいいんじゃないかと考えていた時に、スカルゴが救いの手を差し伸べてくれたのだ。

これは部屋を借りるという時点で、街に詳しい息子たちと娘に相談したからである。

最初はマイマイが自宅の一室を提供するという話であったが、カータツがそれに待ったをかけた。

「いくらお袋とはいえ、冒険者がそう毎回男爵邸から出て行くのは、痛くない腹を他の貴族に探られるんじゃねえか？」

「あー、そっか。お母様に頼って欲しかったのだけれど……」

貴族といってもいろいろ難しいところがあるらしい。

しゅんとしたマイマイの頭の上に垂れた耳が見えたような気がしたが、たぶん気のせいだろう。

そこで立ち上がったのがスカルゴであった。

「母上殿！　それなら聖堂の一室を提供いたしましょう！　守護者の塔にも近いですし、母上殿が私の母上殿であるということは、神殿関係者ならほぼ知っていますので問題はありませんっ！」

「そうだな。事あるごとにお袋のことを口にしていた兄貴なら、お袋相手に特別な配慮を実行に移しても問題はないんじゃないか」

それについては色々突っ込みたい事柄が多すぎる。

疲れた表情のカータツもそうだが、自信満々にバカンスな南の島をドドーンと背負うスカルゴにも色々と文句を垂れたい。

どんだけマザコンを拗《こじ》らせてる人物だと知られているのよ、と。

途中経過をすっ飛ばし、そんな会合を経過して特別に聖堂の一室を使わせてもらえることになった。

ケーナもタダで使わせてもらうのも申し訳ないので、色々とできることをやらせてもらったのは言うまでもない。

まず、使わせてもらうのは人が六人も入ったらいっぱいになってしまうような狭い部屋だった。以前は小さな倉庫として使われていた場所だ。

一応借りるという名目なので、代金代わりにマジックアイテムを提供する。

融通したのは魔韻石《まいんせき》をふんだんに使った睡蓮《すいれん》の花に似た造形の金属の花だ。

これくらいなら世に出して問題なしと、マイマイが許可を出してくれた。

効果のほどは一日にコップ一杯の聖水を生み出すだけである。

ゲームの時であれば大して珍しくない聖水であったが、今の世ではスカルゴでさえも作り出すのに苦労する聖職者垂涎《すいぜん》のアイテムだ。

ケーナであれば一度に何ガロンでも作り出せる代物ではある。

スカルゴが苦労するというのは、彼にもどうすることもできぬ性別の部分だ。本来より何十倍ものＭＰを使い、作り出せるのは小皿を満たすだけの少量だという。

聖水を作り出すスキルというのは、女性用という条件があるのである。

何でこういった仕様になっているのかは分からないが、オプスの言葉を借りるならば、これも広辞苑会議の結果なのだろう。

「とりあえず外に飛ばしてちょうだい」

「なんとなく」パタン「疲れている」パタン「ようだが大」パタン「丈夫かマス」パタン「ターよ？」パタン。

「大丈夫よ～」

ケーナの一言で四人の視界は瞬時に切り替わる。

飾り気のない狭い一室に彼らは立っていた。

「ここがその部屋という訳か」

「スカルゴが『相応《ふさわ》しい部屋に飾りつけましょう』とか言ってたけど、阻止できてよかったわ」

心底安堵《あんど》している表情でケーナが胸を撫で下ろし、すぐにふかーい溜息を吐くのをオプスは見逃さなかった。

「何やら心配事がありそうじゃが？」

「まあ、問題はこの部屋の扉が開くと、あるところに連絡が行くってとこなのよねえ」

「むうう。クーがやっつける！」

「だからやっつけちゃダメだってば」

腕を振り回してウォーミングアップを始めるクーを、ケーナが窘《たしな》めていた。

ちっこい妖精ではあるが、クーの攻撃力はスキルマスター二人にも引けを取らない威力だというのを、オプスは身に染みて知っている。

これを用意したのはオプスだ。まさかケーナの眷族《けんぞく》として組み込まれたら、攻撃特化な生物になるとは完全に予想外である。

予想外というのはケーナのためにある言葉かも知れない。

そうオプスが思ったのは、意を決したケーナが扉を開いて廊下に出た時までだった。


**「ははうえどの！」**


廊下の奥からよく通る美声が響き、敷かれた絨毯《じゅうたん》の上を跪《ひざまず》いた姿勢のまま司祭服の人物が滑って来るのをオプスは見た。

「……は？」

「す、スカルゴ……」

たじろぐケーナ。

後ろで様子を窺《うかが》っていたサイレンも言葉がない様子である。

なによりおかしいのは、廊下には他にもシスターや神官がいたにもかかわらず、この事態を全く気にも留めていなかったことだ。

精々、大司祭の通行を妨げぬように廊下の端に寄り、頭を下げるくらいであった。

毒されているのか慣れているのか、判別がつかないところが異様である。

砂煙（のエフェクト）を立ち上らせながら停止したエルフの美丈夫《びじょうふ》が、流れるような動作でケーナの手を取って口付けを落とす。

部屋を出てから何処かに連絡が行くと知らされていたが、開閉から登場までの時間に差がなさすぎるのも変な話である。

あらかじめその辺で待っていたとしか思えない唐突な出現であった。

オプスの長い生をもってしても解明できない不思議が、この世の中にはあるのかもしれない。と、そう思うしかない奇妙な出来事に映っている。

「ああ、今日というこの日に母上殿と出会えた幸運に感謝を」

廊下の天井からまばゆい光が降り注ぎ、スカルゴとケーナを照らす。

どこからともなく清涼なコーラスが響き渡り、小さな光が無数に瞬きながら降り注いでいた。そう、まるで二人を祝福するかのように。

「ああ、そう。良かったわね」

天を仰いで陶酔《とうすい》している息子の様子に、ケーナの態度はもう投げやり気味である。

呆れるを通り越して一周回って諦めている部分があるようだ。

クーなどはスカルゴを見てから、くたびれたようにケーナの頭の上で突っ伏している。

「まさか、まさかまさか。【薔薇は美しく散る《オスカル》】を自在に操る使い手が発生しようとは……」

さすがのオプスもよく分からないところで、過度なショックを受けていた。

幾ら叱っても息をするのと同じように【薔薇は美しく散る《オスカル》】を使うので、ケーナはもうそれも込みでスカルゴのアイデンティティだと思うようにしている。

　いちいち突っ込んでいるとキリがないからだ。

　そこで漸《ようや》くケーナ以外の人物に気付いたスカルゴは、エフェクトを切って優雅な所作で立ち上がり、胸に手を当てて一礼した。

「お客様もおいででしたか。私はスカルゴ。この神殿を預かる大司祭であります」

「今更繕っても、残念なのは知られちゃったと思うわよ」

「今までの挨拶は母上殿限定ですので。問題ありませんよ」

「こっちの精神がガリガリ削られるほどには、問題大ありだけどね」

　好青年を装うスカルゴになんとか突っ込むケーナだったが、意にも介していない自然な態度の息子には全くといっていいほど通じなかった。

「おい、何じゃこいつは？」

「ウチの里子。息子設定の大司祭スカルゴ。二〇〇年放置していたら変態になっていたわ」

「末恐ろしいの」

　小声でオプスと話したケーナは、再度ふか――――い溜息を吐いた。

　そこで一度意識を切り替えて聖堂の方へ足を向ける。

　信仰に目覚めたわけではなく、聖堂を通らなければ神殿の外には出られないからだ。

「いい茶葉が入ったのですよ、母上殿。一息入れてはいかがですか？」

「お誘いはありがたいけど、用事で寄っただけだから」

「そうですか。それは残念です。ではまたの機会に」

「？」

何時もなら「どこそこで話題のお菓子もつけましょう」としつこくお茶に誘うスカルゴにしては、まともなくらい潔い。

ケーナたちも急いでいる訳ではないが、スカルゴの態度は少し気になってしまう。

「神殿って今は忙しいの？」

「は、母上殿！」

声を掛けたら掛けたで感極まったスカルゴにギュッと手を握られ、潤んだ瞳の顔がドアップになる。その反応に「あ、失敗したな」と思うケーナであった。

美形に抵抗のない一般市民（女性限定）であったら、一瞬で恋に落ちそうな距離である。

話を振った手前、ケーナも「情報がありませんでした」では引き下がれない。

スカルゴの奇行はさておいて、話は進めさせてもらう。

「神殿自体じゃなくて、スカルゴは忙しいの？」

「ああ、ええと、忙しいという話ですか。怪我人《けがにん》が出ない限りは、というところでしょうか。

あと少ししたら始まる行事に、治療士を派遣するくらいですかね」

「怪我人が出るような行事があるのね。随分と物騒な感じじゃないの」

「もちろん母上殿の出る幕などはありえません。そちらの観点で言えば児戯《じぎ》にも等しい催しですよ」

「児戯？」

「児戯じゃろう」

この中でスカルゴを除けば唯一事情を知っているオプスが頷いて言った。

「オプスは何か知ってるの？」

「闘技祭なる物が開催されるのは知っておる」

これはヘルシュペルでエクシズに聞いた話だ。

闘技祭みたいなものはゲームになかったため、ケーナもオプス同様に頷く。

今の世界で勝ち抜き戦にケーナが出ては、最早《もはや》それは試合ではなくなってしまう。

勝利が約束された予定調和みたいなものだ。

もちろんそれにはプレイヤーが出なければという注釈が付くけれども。

「闘技祭ねえ」

「しかし、ここ数年は同じような展開が続いているので、いい加減新しい勢力が台頭してくるのを民衆は期待しているようですが」

「展開ぃ？」

　世間話のついでにと繋げたスカルゴの話に、気になったケーナが視線を向けた。

「そういえば母上殿はこちらの行事について、何も知らないのでしたね」

　足を止めたケーナの様子に気が付いたスカルゴが、ポンと手を叩く。

　子供たちはケーナが人との関係を嫌って森に引っ込んでいたと思っているが、実際にはダンジョンの奥深くで寝ていただけである。

　そこまで馬鹿正直にバラそうとは思わないが。

「そもそも闘技祭ってどういう形式なの？」

「手っ取り早く言ってしまえば勝ち抜き戦。最強決定戦とも言いますが、母上殿のような方々を知っている私たちにとっては、おままごとのようなものですね」

　里子であるスカルゴたちであれば、身近な存在としてプレイヤーを知っているからだ。

「まあ、たぶん、スカルゴとマイマイとカータツでパーティ組んで出ただけでも、敵はいないでしょう」

　一般的な冒険者でも五〇レベルにも達していない人たちばかりなので、三〇〇レベルのスカルゴが一人で出ただけでも過剰戦力にもほどがある。

「母上殿、私は戦闘に値するスキルは殆《ほとん》ど持っていないのですが」

「そのレベルで殴ったり蹴ったりするだけでも充分でしょうよ。確か【杖《つえ》】スキルは持たせていた筈《はず》よね？　【神聖魔法】の中に最低限の攻撃魔法があるし。それに種族特性で【精霊魔法】も保有してるはずよ。その辺の暴漢なら簡単に制圧できるでしょ？」

キャラクタークリエイトした時に、それぞれの種族を選択した時点で専用スキルというものが付いてくる。

竜人族《ドラゴイド》なら【頑健《がんけん》】スキル、猫人族《ワーキャット》であれば【俊敏《しゅんびん》】スキルなど。他にも尾を持つか、羽を持つか否《いな》かで所持できるスキルが違う。

エルフとハイエルフは共通で【精霊魔法】が所持できるのだ。

スカルゴは困ったように「母上殿には何でもお見通しでしたね」と苦笑する。

実質生みの親なので、子供たちに何ができて何ができないかは把握しているつもりである。

二〇〇年の間にケーナの知らない何らかのスキルを得ていたならば、分からないが。

「話が脱線しておるぞ。闘技祭の形式のことじゃろう」

何時もであれば知らんぷりをして静観を決め込むオプスが指摘して話を促した。

それが随分とケーナの頭の中で警鐘を鳴らしている。

「オプスがそういうのに興味持つのって珍しいわね？」

「まあ、一般論として街中の情報収集に使うからの。話題の一つとして常識的な部分は知っておいた方がいいじゃろう」

「……本当にそれだけ？」

ケーナのジト目を視界に入れないふりをして躱《かわ》し、オプスは話の続きをスカルゴに頼む。

「ええ、闘技祭のことでしたね。こうも脱線してしまうのは、やはり母上殿に出会えた興奮からなのでしょうか」

「いいから木漏れ日のエフェクトを消して続きを話しなさい！」

スカルゴの奇行によってケーナが突っ込まざるを得なくなり、オプスから注意が逸れる。

ただオプスが密《ひそ》かにほくそ笑むのをクーがしっかり目撃していた。

「ええと。何処まで話しましたか……。ああ、と。形式のことでしたね。今年は確か、団体戦だった筈です」

「団体戦ってことは個人戦もあるのじゃな？」

「ええ、でも個人の勝ち抜き戦は昨年でしたので、今年は団体戦だけですね」

「ナニソレ？　個人戦と団体戦を一年ごとにやるってこと？」

「そういうことになりますね」

「何でそんな訳分からない状態になっているのよ？」

「まあ、色々とありましてね。最たるものは王都の治安の悪化でしょうか。川祭りと似たようなことなのですが、三国から腕に覚えのある者が集中するせいなのですよ。結局、王都内に荒くれ者が集まり過ぎて無用の諍《いさか》いが絶えないことが多々ありましてね」

「それで年ごとに別々になったと？」

「酷い時には、私まで怪我人の治療に駆り出されたことがありまして。その時は留守中に暴漢が神殿に侵入し、参拝者を人質に取って立てこもるという事件もありましたね。あの時は色々大変でしたよ」

老け込んだ老人のように昔を語るスカルゴの姿に、ケーナは少し申し訳ない気分になった。

もう少し早く目覚めていれば、そういった場にも手を貸せたのではないかと。

「それでその賊はどうしたんじゃ？」

「いやー、当代のお転婆王女が人質交換として中に突入しましてね。普段から武勇伝に事欠かない方だったので、賊をぼこぼこにして人質を救出してました」

「「へ？」」

「ええあの方が即位した時は民衆受けがもの凄《すご》かったですね」

「ええと、マイちゃんのご先祖様の話？」

「そうですね。マイリーネ様の曾祖母《そうそぼ》でしたか」

「何なんだここの王族は……」

ケーナの知っている限りでもよく城を抜け出す王子に、家出中の護衛を依頼してくる王女であるから。

そんな話を聞いてしまえば、血は争えないんだなと納得してしまう。

「今は荒くれ者が大量に溢《あふ》れかえることもないのじゃな？」

「ええ、今は予選が組まれていますからね。闘技祭に参加申し込みをすると、冒険者ギルドから依頼を一つ受けて、達成できなければ本選に参加できない決まりになっています」

「予選でふるい落とす訳か」

「なんでもかなり難しい任務が設定されているようでして、毎回本選に進めるのは五～六チームしかないみたいですね」

「何よその狭い門。倍率的にはどのくらいなのかなあ」

「すみません母上殿。さすがに私もそこまでは分かりかねます」

スカルゴもその話を聞いたのはシャイニングセイバーからだという。

王都を守る専門家からの情報となれば、今の話は誇張でも何でもないんだろう。

「いえ、実は騎士団が出場の常連でして」

「騎士団が団体戦に出るんかい！」

守って良し戦って良しの専門家が出るなら勝ちは譲らなそうだ。

ついでにシャイニングセイバーがメンバーに組み込まれていたら、八百長《やおちょう》もいいところ。どちらかと言えば完全にアウトだ。

「むーん。騎士団の快進撃を私に止めろ、なんてスカルゴは言わないわよね？」

「まさかそんな畏れ多いことは。それに団体戦に出るならば最低三人は欲しいところです。母上殿は、スキルマスターを三人集めて出るなんて言いませんよね」

「言わないわよ！」

三人までなら集められるのだが、隠れ鬼《おじいちゃん》との連絡が取れねばどうしようもない。出る気もないので、ドリームチームの出場は幻想もいいところだ。

そこで頭に乗っているクーが、頭をぺしぺしと叩いて来たので、何事かと上を見上げる。

彼女は他の人に気付かれぬような小さい矢印を作り出し、オプスへ向けていた。

ケーナが矢印の方をそっと窺うと、オプスが暗い笑みを浮かべているのに気付く。

脳内の警鐘に従い、ここでどうしても聞かなきゃいけないと、一歩を踏み出すのだった。

「ちょっとオプス？」

「なんじゃ？」

「とてつもなく嫌な予感しかしないんだけど」

「だからなんじゃというに」

「まさかと思うけど闘技祭に出ようとか、考えてないよね⁉」

ケーナはオプスが「ＮＯ！」と言える日本人（今は種族が違うけど）であることを期待した。

ゲームの時のように色々否定してくれると思っていた。

「うむ、出場しようと思っておるの」

「ま〜じ〜で〜」

だが、期待に背いて嫌な予感は的中していたのである。

ケーナの脳裏《のうり》には参加者が次々と血溜まりの中へ倒れて行くという、凄惨な場面が浮かび上がる。

この男はゲームの時の戦争のように、一切容赦しないに違いない。

一般人だろうとプレイヤーだろうと、その毒牙《どくが》に掛かる前に止めなければならないと使命感に燃えつつ、如意棒を繰り出そうとするケーナであった。

その手を押し留めたのは、今から退治しようとしたオプスである。

「待て！　待て待て待て待てっ！　ちょっと待てというのに！　いきなり尋常でない殺気を出しおって、今何をしようとしおった⁉」

見るとスカルゴは壁に張り付いて目を見張っているし、クーもケーナから離れた場所を飛んでいる。

サイレンはオプスに庇《かば》われていて表情は見えない。

酷く怯《おび》えさせてしまったんじゃないかと、心が痛む。

廊下をただ歩いていただけの神官やシスターなどは、ケーナの放出した殺気に当てられて昏《こん》倒《とう》していた。

「えーと、あれ？」

どうやらこの惨状は自分がやらかしたこととケーナも気付く。

ただオプスを止めようとしただけだというのに、何たる失敗だ。

「『失敗だ』じゃなかろうに。唐突に動きを止めたと思ったら、濃密な殺気を放ちおって。一体何を考えておったんじゃ？」

これ以上妙な動きをしないようにとオプスに肩をがっちりと押さえられ、ケーナは問われたことに思い当たり、素直に心情を吐露する。

「ここでオプスを止めないと？」

「我かっ⁉」

いきなり自分が標的であったことを知れば、誰だって面喰《めんく》らう。

オプスは驚いたものの呆れつつ、ケーナの暴走が止まっているのを確認して手を離した。

「あ、ごめんねスカルゴ。ちょっと熱くなっちゃったみたいで。他の人にも被害が」

「はっ⁉　いえいえ母上殿が謝ることではありませんよ。失敗は誰にでもあります。同じことを二度としなければ問題ないかと」

慌ててスカルゴがしょんぼりと肩を落としたケーナを慰める。

廊下で倒れていた人たちは、異変を感じて様子を見に来た人たちによって次々に運ばれていく。

スカルゴも「母上殿、失礼します。あまりお気に病む必要はありませんよ。あの者たちは私が責任を持って介抱しますから」と言って去って行った。

後に残ったのは憮然《ぶぜん》とした顔のオプスと、申し訳なさで小さくなっているケーナだった。

「お主のその、妄想が行き過ぎた感情の暴走癖はまだ治ってなかったのじゃな」

「うっ、ごめん」

「大方、我が勢い余って出場者を惨殺するとでも思っておったのじゃろう。さすがに我でも、プレイヤーとそうでない者への対応の差は心得ておる。血の海なんてことにはならぬから安心するがよい」

悶々《もんもん》と考えていたことを当てられ、ケーナは益々縮こまる。

「だいたいこういった時は標的になるのが我だったせいで、昔から周囲の被害は小さいが。一歩間違っておれば昏倒した者共も命を落としておったかもしれんぞ。もう少し自覚して、気を付けよ」

「はい、ごめんなさいでした……」

「キーも少しは気を付けておけ、我がいなかった場合は止められる者がお前しかおらんぞ」

『コレデモ障壁ヲ強メテ、【威圧】ノ威力ヲ下ゲタノダ』

「うっ、キーもごめんね。それとありがとう」

穴があったら入りたいとばかりにケーナは意気消沈する。

こんなことは度々あることなのだ。その度に八つ当たりの標的となったオプスが吹っ飛ぶなりなんなりしていたのだけれど。

どうも色々と知ってから情緒不安定な気がするとケーナは思う。

なるべく激昂《げきこう》はしないようにと努めてきたが、オプスが傍にいたせいでタガが緩んでしまったと思われる。

神殿を後にする前に年配のシスターに万能薬を渡しておいた。

昏倒した者たちはそれを飲むなり、浴びるなりすれば何の問題もなく回復するだろう。

ただ、うっかりスカルゴが万能薬の値段を暴露《ばくろ》してしまい、神殿に務める者たちが真っ青になって卒倒してしまうことになるとは、オプスでさえも想定外であった。

「やることがなかったら、少しは精神修行でもせよ」

とか忠告だけを残し、オプスはケーナと別れていった。

サイレンを連れていったのは、パーティメンバーとして扱うのだろう。

だとしても参加資格の最低三人には足りないから、召喚獣で呼ぶか、何かしら別の手段を使うか。

「でも常時ログインしていたなら、オプスももう一つ二つくらい課金従者のベルを持ってるよねえ……」

なんとなく口にしたことがしっくりくる気がした。

サイレンしか呼んでいないのは、他の者は黒歴史的な容姿か、性格に作ったからか。

オプスが作る厨二病的《ちゅうにびょうてき》な従者って何だろう？　とか考えてみたが全く形にならないので、会うことがあったら弄《いじ》ってやろうと心に刻み込む。

「しかし、精神修行ってどうすればいいのかなあ？」

『一般的ナ物デアレバ、滝行カ瞑想《メイソウ》デショウカ』

「エッジド大河の滝なんか喰らったら、ペッチャンコになりそうな気がするわ」

『私ノ障壁ガアレバ、重圧ニハ負ケヌハズデスガ。一一〇〇レベル越《ゴ》エガ、ソウソウ害サレルハズモナク』

「自然より強いってどうなっているのよ……」

寒暖の耐性もあるので暑さ寒さにも強い。

ステータスの耐性一覧を確認すれば、ケーナの活動できない場面は宇宙くらいである。

同じようなことはスキルマスター全員に当てはまるが。

「滝行といっても、エッジド大河って比較的緩やかな流ればっかりだったよね？」

『辺境ノ村近辺デアレバ、荒イ場所モアルト思ワレマス』

ゲームの設定が自然界にまで影響しているのか、エッジド大河は大雨による洪水被害などは殆ど報告されたことがないらしい。

漁獲量は豊富で、市場に行けばゲームで見かけた魚も含め、種類は多種に及ぶ。

中には人を襲う凶暴な種類もいるが、ケーナたちが手を出すまでもなく住民の皆さんで退治が可能なレベルだ。

いつぞやのキメラワニザメみたいなのが出なければ、だけれど。

「もしかして、以前のキメラワニザメはオプスの仕込みだったりしないよね？」

『ソコハ、聞イテミナイト分カリマセン』

キーでもオプスのことをそこまで理解している訳ではなさそうだ。

「ぶっ飛ばす？　ぶっ飛ばす？」

「クーちゃんもすぐ暴力に直結する考えは改めよう。ね？」

「はーい」

無邪気に返事しているクーは、どこまでケーナの言うことを守ってくれるかも不明である。

思えば一番の謎生命体とも言えるクーは、ケーナをサポートするのが仕事だが、それにしては自由な意思を持つ。

こういう風にメイン・サブと紐付けられたものは、上の言うことには従順になるのが通例だ。見る限りではクーにそういった悲壮感はない。

ケーナ自身もシステムをどうこうという自覚がないからか、クーを補助として扱うことには抵抗がある。

オプスならあれこれとこき使いそうなものだが。

「クーちゃんは何か得意なことがある？」

「う？　うー？」

ちょっと聞いてみたら、腕組みして考え込んでしまった。

「あんまり深刻にならなくていいからね」と宥《なだ》めるように言うと、ビシッと手を上げたクーは「食べる！　遊ぶ！　寝る！」と高らかに言い放った。

「そ、そうなんだ。クーちゃんは何時も元気で、微笑ましくなるわね」

ケーナはその強大な元気に押されっぱなしだ。

入院していた時も、元気過ぎる子供患者を苦手としていたので、覚えのある感覚だった。

なんだか更に楽しそうになったクーは、ケーナの頬に抱き着いて来る。

そうして「一番ー」と言いながら頬ずりする様は、ケーナの心に温かい気持ちを溢れさせるものだった。

先程のポカミスにより精神が落ち込み気味だったケーナは、クーの親愛行動により漸く気分を上方修正することに成功する。

「ふー。ありがとう、クーちゃん」

「うん！」

クーと微笑みながら見つめ合う。

そうしてから、ケーナはそこが街中の往来だったことに気が付いた。

もしや今までの行動で、周囲の人の見世物になってやしないかと見回してみれば、誰もケーナたちの方を気にしていなかった。

「……自覚するのも恥ずかしいやり取りをしていた筈だったのに」

『先程、オプスガ隠蔽シテ行キマシタガ、何カ？』

正確にはオプスの特殊能力で、周囲との繋がりを短時間だけ切ったのである。

よくよく確認してみると、何の疑問も持たず歩行者がケーナたちを避けて歩いていたり、周囲の音が全く聞こえないようになっていたりする。

【幻影魔法】にある【認識阻害】上位効果かとアタリを付ける。

しかし、最初からそういったアレコレをオプスに想定済みにされたことで、怒るやら恥ずかしいやら。

ない交ぜになった感情を持て余したまま、憤慨する。

けれどオプスには感謝するしかない。

それはそれとして、残滓《ざんし》となったやり場のない感情をどうしようかと悩んでいたら、クーが青く光った。

途端に今の今まで抱えていたやり場のない感情が、綺麗《きれい》さっぱり消え去っている。

「えっ⁉」

「ふふん！」

鼻高々とでもいうようにふんぞり返っているクーがいた。

「【鎮静】の効果⁉　クーちゃんこんなこともできるの？」

「できると思ったら、できたー！」

どうやら感性のままに行動した結果だったようである。

結果に関しては魔法と同様の効果を及ぼしたことにケーナが驚くことになった。

サブシステムという割にはクーの意志と気合い次第で、かなり自由な力の行使が可能なようだ。

「クーちゃんは凄いねえ」

「すごい？　凄い！　やったー！」

褒められたと分かったら、クーはぴょんぴょんと跳ねて喜んでいた。

空中であるのに器用なことだ。

それからしばらくすると周囲の音が聞こえて来たので、クーはケーナの髪の中に隠れた。

目の前に迫っていた荷物をたくさん抱えたおじさんなんかは、驚いて転びそうになっていたくらいである。

手を出して転びかけたところを支えてやれば、こちらが恐縮しそうになるくらい感謝されてしまった。

ちょっとだけ罪悪感を感じないでもない。

ペコペコと何度も頭を下げつつ人混《ひとご》みに消えて行くおじさんに申し訳なく思いながら、ケーナは不思議に思っていたことをキーに尋ねる。

「キー」

『何カ？』

「オプスの〝繋ぐ〟能力ってなに？　魔法なの？　スキルなの？」

『……』

　何となくキーが言おうか言うまいか悩んでいるような気がした。

　姿形がよく分からないので例えが思い当たらないが、空気の人型が腕組みをして上半身を左右に傾けているイメージだ。

『厳密ニ言ウナラバ、魔法デモスキルデモ、アリマセン』

「……マジ？」

『マジ、デス』

　魔法とスキル至上主義ともいうゲーム盤に乗っかっているような状態のケーナには、理解が及ばない分類の能力のようだ。

『強イテ言ウナラバ、ケーナノゲームシステムソノモノ、ノヨウナ能力ト考エテクダサレバ』

「へっ⁉」

　ゲームシステムの力というのは、ある意味プレイヤーをいいように踊らせるような力だ。使い手が自由に使えれば、ではあるが。

それと同様ということは、オプスもかなりの強権が行使できるということになるのだろう。

「全知全能とか？」

『アノオプスガ、ソウイッタ使イ方ヲスルト、思イマスカ？』

「……思わない、かな？」

しそうな気はするが、どちらかというと罠《わな》に嵌《は》まったプレイヤーを見下ろして高笑いをしながらフェードアウトしていくイメージである。

プレイヤーたちを恐怖のどん底に落としたオプスの行動は、そんなのばっかりだったから。

最終的に罠に〝繋ぐ〟力を使っても、プレイヤーを嵌めるのに使うことはなさそう、という考えに行き着く。

『ソレニケーナノタメニシカ、使ワナイト断言シマス』

「へー、ふーん。そう、なんだ」

キーがそうまで力強く言うならば、そうなのかもしれない。

とりあえずはキーの発言を信じることにして、オプスに突っ込んだことを聞くのは止めることにした。

「◯◯を信じる◯◯を信じろ」という理論である。

難しくなっていく思考はそこで放棄して、最初の「やること」に戻る。

騒がしい王都で心を静めるような瞑想に向く場所があるとは考えにくいので、偶《たま》にしかこちらに出てこられない上でできることと言ったら冒険者の仕事である。

「折角だし、私も偶には依頼でも受けようかなあ」

ということしか思い浮かばなかった。

暇も潰せて金も稼げるという、色々と突っ込むところは満載な理由ではあるが。

「クーも、クーも手伝う！」

「うんうん。クーもお願いね」

人の視線を避けるように髪の中に隠れていたクーも賛同してくれたので、ちょっぴり楽しみになってくる。

「でも、ちょっと不穏な雰囲気があるかな？」

街中をのんびり移動していても、武装した人が多く見受けられる。

中にはもう凶暴化したホーンベアか、と思うくらいに剣呑《けんのん》な気配を纏った者もいた。

さすがにそうなると一般人にも感じ取られているようで、あからさまに避けられている。

予選が依頼によって振り分けられるにしても、参加申請するためには一度王都内の受付まで赴かなければならないのだ。

フェルスケイロへの荒くれ者の流入は、どうしたって止められないだろう。

冒険者ギルドに辿《たど》り着《つ》いてみれば、この周辺が特に人口密度が高い。

予選用の依頼が受けられるのは街中でここだけしかないのだから、仕方のないことなのかもしれない。

荒事の専門家は顔面偏差値が低い者が多くを占め、厳つい顔が揃っている。

中には柔和な顔の優男らしき者もいるようだが、強面《こわもて》に囲まれているところを見るに、一括《ひとくく》りにして構わないだろう。

胸に一物も二物も抱えている感じがするので、視界に入れない方が良さそうである。

何時もなら街中の依頼を消化する子供冒険者の姿も、強面連中を恐れてか、ギルド周辺には見当たらなかった。

ケーナがそんな人たちの間を縫ってギルドの中に入れば、当然耳目も集まる。

半分は「何だこの嬢ちゃんは？」という戸惑いの視線で、もう半分は邪な意味を含む下卑た視線だ。

自分の容姿が整っているのはどうしようもないので、その手の輩《やから》は無視するにかぎるけれども。

何か面白そうな物はないかなと、ケーナが掲示板に向かおうとしたところで、受付カウンターから声がかかった。

「あ！　ケーナさーん！　丁度いいところに！」

物凄《ものすご》く聞き覚えのある声である。

びしばしと嫌な予感がするが、無視する訳にもいかない。しぶしぶそっちに顔を向けると、ギルドの係員であるアルマナが手を振っていた。

彼女とはギルドに来る度に顔を合わせているので、もうケーナ専用係員と言っても過言ではない。

「なんだろう。にこやかに見えて、バックに熊罠が待ち構えてる気がする」

『同意シマスネ』

「うんー。怖い気がするよ？」

キーとクーも同意見のようだ。

とはいえ、目が合ってしまってから「気のせいか」などとは誤魔化せないので、ケーナは観念してアルマナの下へ向かう。

「こ、こんにちはアルマナさん」

「こんにちはケーナさん。また久方ぶりですね」

ケーナは緊張感を張り巡らせて、仕事用スマイルに立ち向かう。

「今日は何か依頼を受けていかれるのですか？」

「ええ、まあ。何か面白そうな物があればなーと」

「ということはお暇なのですね？　そうなんですね？」

鬼気迫る表情で念を押すように身を乗り出してくるアルマナ。

先手を取られてたじろぐケーナ。

実年齢は一五倍くらい違うが、人生経験という点においてはケーナが未熟という他ない。

「実はケーナさんに受けて頂きたい依頼があるんですよ。他の誰でもないケーナさんだからこそ任せられると確信しています。で、受けて頂けますよね？　何と言っても単独で盗賊団《とうぞくだん》を壊滅に追い込むくらいですから、その実力はギルドでも高く評価されていますから」

「ちょっちょっちょっ⁉」

公然の秘密になっているところを突かれると反論できなくなる。

今更ながら、タルタロスもとい、エクシズに名前の公表を許可したのが悔やまれる。

普段から多種多様な冒険者を相手にする、百戦錬磨のギルド職員に対抗できるような話術の心得はケーナにはなかった。

「あ、じゃあケーナさんへの指名依頼にしておきますよ。依頼料が倍くらい違いますよ」

「えええ……」

あれよあれよという間に依頼を受けることが決定していた。

この展開にはどこかデジャビュを感じる。

「……ぐすん」

『諦メテ、事ニ当タリマショウ』

「ケーナ、ふぁいとー！」

聖霊と妖精にできるのは、エールを送ることくらいだった。

改めて詳しい話をすると言われて、別室に案内される。

アルマナ以外に副ギルドマスターの男性が同席し、最初に頭を下げた。

「まずは依頼を受けて頂いて感謝する」

受けたというより、受けさせられたといった方が正確じゃないかな。

と、呟《つぶや》いたケーナに、副ギルドマスターは眉をひそめた。

別に文句を言いたい訳ではない。

受けたのだから完遂するつもりは、もちろんある。

断ることはできたかもしれないけれど、ケーナにはそうするだけの理由はなかった。

アルマナが顔見知りだったというのも理由の一つだ。

これが全然知らない係員だったら即座に断っている。

「ケーナさん？　お話を続けて大丈夫でしょうか？」

「どうぞどうぞ。話を聞かないと、私もどうしていいか分からないしね」

　あっけらかんと答えたケーナに二人は拍子抜けする。

　先程の不満を呟いたことから、「やっぱり……」と言って断られる可能性も視野に入れていたからだ。

「ええと、ケーナさんに依頼する用件は、臨時の試験官をやって頂けないかというお願いです。できますでしょうか？」

「試験官？　もしかして闘技祭の予選の試験官のことですか？」

「そうだ。それも戦闘をして相手を見極めて欲しい」

「よりにもよって戦闘、と来ましたか」

　戦闘要請となると、ケーナにとっては慎重にならざるを得ない案件である。

　何せ頑丈なプレイヤーと違い、この世界の住民と戦うということは、トランプタワーを積み上げる並みの繊細な作業を必要とするからだ。

「冒険者ギルドでは、秘匿《ひとく》されているキミの戦績を理解しているからこその依頼だ。勿論前提として、その戦績は他者に漏らさないことを徹底させている」

　どうやらヘルシュペルで盗賊団を壊滅に追い込んだことが、ケーナの戦績に加えられているようだ。

何故《なぜ》だか知らないが、その実績は冒険者ギルドで秘匿事項になっているらしい。

ケイリナ率いる騎士団に、ロックゴーレムからの砦防衛とか、コイローグ捕縛《ほばく》とかの手柄を譲り、話はそこで終わったものだと思っていた。

どうやらケイリナは何らかの（たぶん堺屋《さかいや》）伝手《つて》を使って冒険者ギルドにケーナの戦績として通達し、ギルド関係者のみ閲覧できるような秘匿を施したのだろう。

「ややこしいことになって来たなあ」

『何ヤラ切羽詰マッテイルヨウナニュアンスガ感ジラレマス。依頼料吹ッ掛ケマショウ』

キーは交渉する方の苦労も知らず、とんでもないことを提案してるし。

あと後頭部の髪の中から、小さく「う～う～」言ってる声も聞こえて来る。

戦闘という言葉に反応しているのかは分からないが、クーが不満を漏らしているみたいだ。

他の人には分からないところで賑《にぎ》やかだなあと、苦笑するしかない。

出されていた紅茶で口の中を湿らせつつ、ケーナは依頼の詳しい部分を聞くためにアルマナに続きを促した。

「えーと？　ある一つのパーティを遠慮なくぶっ飛ばして欲しい。と？」

「はい。こんなことをケーナさんに頼むのはお門違いなのですが、もう彼らをどうにかできる人材が、ギルドにいないのです」

「八百長試合って言わないかな、それ……」

本音を呟いたケーナが、頭を抱えた。

依頼の簡潔な説明がこうである。

〝毒蛇《どくへび》の腹《はら》〟というパーティをボコボコのメタメタのベチョベチョにして欲しいという話だった。

何でもこの毒蛇の腹、尻尾《しっぽ》を摑《つか》ませないことで悪い方に有名な、問題児の塊なんだとか。

冒険者の癖して、限りなく黒に近いグレーなやり方で方々に迷惑をかけまくっているという。

加えてそれなりに実力もあるので、手に負えないらしい。

「セウトというか、アウフというか。計算してやっているんなら天才よね」

聞いたケーナでさえも「うへえ」と苦い顔で呆れるばかり。

曰く、フォレストウルフ討伐に行って「途中で襲われた」とか言って、何処かで以前に討伐した別の魔物の討伐部位を提出してくることが多々あるのだとか。

抗議しようにも、その討伐部位は獲物の死後一日やそこらの代物なので、詐欺を追及できないという。

曰く、前回の闘技祭では事前に持ち込み物のチェックがあったにもかかわらず、毒や麻痺《まひ》の粉を撒《ま》き散《ち》らして相手や観客に被害を出したのだとか。

オマケに殺しが御法度の闘技祭で、麻痺して動けなくなった対戦相手を死の一歩手前にまで追い込んだとか。

観客の方も、あまりの残虐行為に失神者が続出したというのだから、闘技祭会場が血の海になりかけていたのだろう。

試合終了後にも荷物のチェックを行ったが、怪しいブツや凶器の数々は一切見つからなかったという。

そんな証拠も残さず様々な物を格納し、中の時間が止まったままの特殊アイテムにケーナは心当たりがあった。

「アイテムボックス、かなあ……」

『十中八九プレイヤーデショウ。ブチノメスノニ遠慮ガ要ラナクナリマシタネ』

好戦的なキーのことはとりあえず横に置いて、依頼内容は毒蛇の腹の面々を闘技祭の予選で脱落させること。それだけのようだ。

「あのような破廉恥《はれんち》極まりない連中を、冒険者ギルドの代表として表に出すことを断固阻止せねばならない！」

話をしているうちに、副ギルドマスターが血管が切れそうな程激昂して、テーブルに拳《こぶし》を叩きつけていた。

それを見たアルマナが、青い顔をして震え上がっている。

最初は淡々と書類を読み上げるように説明していた副ギルドマスターも、最後には鬼のような形相になっていたことから、よほど腹に据えかねていたようだ。

「びび、びっくりした～」

「ああ、いや。これは失礼を」

非を認めて謝罪して、零《こぼ》れた紅茶をアルマナと片付ける副ギルドマスターに、ケーナは頷いてから首を縦に振った。

「うん。その依頼受けてもいいですよ」

「えっ⁉」

「ほ、本当に⁉」

ティーセットや布巾を持ったままの二人が、目を丸くして立ち上がる。

アルマナに至っては、「一度了承したんだから逃がさない」というような気迫も伝わって来た。そんなに熱望しとったんかい。

「そ、そんな簡単に頷いて大丈夫か⁉　もしかしたら命を落とすのかもしれないんだぞ！」

「あの～、依頼を受けさせたいのか、取り上げたいのかどっちなんです？」

今度はテーブルを両手でバーン！　と叩いて前かがみになり、ケーナに決定の是非を問うて来る副ギルドマスター。

心配しているのは分かるが、その問いかけに呆れてしまうケーナだった。

「早速手続きを致します。それとケーナさん。依頼の遂行はこの後すぐ、となってしまいますが準備の方は大丈夫でしょうか？」

「は？　すぐ？」

「はい。実は試験官が到着していないと言って、毒蛇の腹を待たせている最中なのです。入ってくるときにいたガラの悪い方々が、その、毒蛇の腹、です」

「あ」

言われてみれば出入り口のところで、優男が侍《はべ》らせていた人相の悪い人たちのことを思い出す。

どうやら優男を中心としたパーティが、その問題の毒蛇の腹らしい。

【サーチ】を掛ければどれがプレイヤーか分かる。

果たして一部がプレイヤーなのか、それとも全員がプレイヤーなのか。調べてみるまで分からないのはガチャのようで少し楽しみである。

「問題はどうやってそいつらの心をへし折るか、だよねえ」

「クーがぶっ飛ばすよ！」

「クーちゃんが手を下したら、死人が出るでしょーが。頼むから大人しくしてて頂戴」

迂闊《うかつ》にも熱血の溢れるクーが飛び出してきたせいで、アルマナはペンを取り落とした。

おまけにティーセットを持って退出しようとしていた副ギルドマスターは、目を真ん丸にして固まってしまう。

「な、な、な……」

「よ、よよよよよよ、よ、うせい？」

どうやら都市部でも妖精の伝説は似たようなものらしい。

驚愕《きょうがく》の表情を張り付けた二人の視線を受けて、クーはすぐさま隠れてしまった。

アルマナは驚きで固まってはいたが、瞳は輝いている。

それは徐々に顔全体に伝播《でんぱ》していく。

理由は言わずもがな。

妖精を見ることができたなら幸せになれる。とかいう民間伝承のせいだ。

その対象は子供限定と聞いた覚えがあるのだけれども、もしかしたら都市部ではまた違うのかもしれない。

一体誰が広めたかは知らないが、妖精にとってはいい迷惑だ。

というか、ケーナにとってはその民間伝承自体が眉唾物なのである。

ゲームであった時の妖精は、「絶対に関わるな！　見付かったら逃げろ！」といった扱いだったからだ。

中立ＮＰＣの筈だったが、やっていることはプレイヤーを敵に回すようなことばかりだった。

奴《やつ》らの領域に紛れ込んだら最後、魅了込みの甘い言葉で「装備に祝福を授けてあげるよ」と身ぐるみ剝がれ、そのまま外に放り出される。

奴らが上に見るのはハイエルフだけだったので、ケーナも全く知らないところで間接的な迷惑を被っていた。

妖精が初心者プレイヤーから剝いだ装備を、よく貢がれていたのだ。

そんなことが多々あるから、「ハイエルフのプレイヤーが妖精強盗をやらかしている」と冤《えん》罪《ざい》をかけられ、正義論を掲げたプレイヤーに何度も何度もＰＶＰ《対人戦》を吹っ掛けられたのは苦い思い出である。

「ケーナさん、今のは！」

「あー」

それはそれとして、目を輝かせたアルマナが、希望に満ちた笑顔でケーナに懇願していた。

見てしまったものを「幻影だ」などと誤魔化すにはやや遅い。

仕方ないので「秘密ですよ」と前置きをして、クーを髪の中から引っ張り出した。

「むううう」

クーは頬を膨らませて不機嫌ですと猛《もう》アピールしている。

「クーちゃんが姿を見せるからでしょう。この場だけなんだから我慢しなさい」

仕方なく、本当に仕方なく。

クーは嫌そうな顔で、アルマナと副ギルドマスターの周囲を一周ずつ回る。

「妖精様、妖精様」

「おお、おお」

両手を組んで祈るアルマナはまだいいとして、目を見開いたまま涙を流す副ギルドマスターの姿はマジで引く。

それでもクーが姿を現していたのはその間だけだった。

パッとクーの姿が消える（ケーナにはしっかり見えていた）と、二人は残念そうに肩を落とす。

「ああ、妖精様が。でもこれで私も結婚にこぎつけられれば！」

なんだか以前に聞いたような話である。

知らない間に曾孫《ひまご》までいたケーナにとってはよく分からない欲求だ。

そんなことを結婚適齢期の女性に言ったら怒られそうである。

別室での話を終えて外に出ると、副ギルドマスターが審判として同行すると申し出て来た。

「なるほど。それで、何処で戦えばいいんですか。まさか闘技場で、とか言いませんよね？」

「それは予め場を確保してある。西門外の練兵場だ」

「気を付けてくださいねケーナさん。何があっても自分の命は守ってください」

「ああ、はい。ありがとうございます。頑張ります」

アルマナに手を振って別れ、副ギルドマスターに先導されて冒険者ギルドを後にした。

西門までは距離があるので、街中を巡回している乗合馬車に乗る。

ケーナ一人だけだったら、建物の上を駆けて行けば早い。

同行者がいるので、ケーナは大人しく指示に従う。

乗合馬車といっても、左右に低い木箱が並べられた幌《ほろ》なしの荷車だった。

曳《ひ》いているのはロバが二頭である。

副ギルドマスターの話によると、乗合馬車は街のあちこちを数台で周回していて、運賃は銅貨一枚でいいのだそうな。

「やっす!?」

「ははは、子供でも利用できるように、という貴族様の配慮なのだよ」

街中の乗合馬車は、幾つかの貴族家が共同で運営しているとのことだ。

その中にはマイマイが嫁入りした、ハーヴェイ家も入っているという。

他にも街道を通っている乗合馬車もあり、そっちは冒険者ギルドが運営していると聞く。

冒険者であれば護衛を兼任する義務が発生して、料金は安め。それでも最低で銀貨一〇枚からだという。

意外にも副ギルドマスターはお喋りで、話し上手。ケーナの聞いたギルドにまつわる小ネタ集は、西門に辿り着くころまで続いたのである。

「何だか剣呑《けんのん》な雰囲気が漂っているねー」

辿り着いた西門は、ケーナが以前に通った時より警備が厳重で、物々しい雰囲気が増していた。

「水際対策になってしまうが、王都の中になるべく厄介な人物は入れたくないからな」

「なるほどー」

難しい顔をした副ギルドマスターの言葉に頷き、ケーナは今し方検問を抜けて来たばかりの人の進路を妨げた。

彼は行商人ぽい出で立ちで、柔和な笑みの青年であった。

「おや、どうしましたお嬢さん。私に何か御用でしょうか？」

「商人の方ですね。一体何を扱っているのですか？」

「生憎《あいにく》と貴女《あなた》のような美しい方が必要とする物ではありませんね。小物を扱うのが精々なので失礼しますよ」

　何食わぬ顔で足早に通り抜けようとする青年に、ケーナはずばりと言い放つ。

「列に並んでいる最中に、一体何人から財布をスッて来たんですか？」

　青年も周囲にいた兵士も、副ギルドマスターでさえもギョッとして顔を向けた。

「い、いやいや。何を根拠にそんな言いがかりをつけるのかな、お嬢さん？」

　負けじと言い返す青年の言葉に耳を貸さず、ケーナは右腕を斜めに振り下ろした。

　指先が横切った風圧を受けて、青年が絶句する。

　と、同時に鳴った金属音と共に、幾つもの革財布や、パンパンに何かが詰まった袋がその場に転がり落ちた。

　周囲で何が起きたのかと野次馬していた人たちが目を丸くする。

　ケーナの右腕の一振りが青年の懐を切り裂き、そこから落下してきた物は彼の仕事の成果であった。

「くっ！」

　一瞬で形勢不利と悟って逃げようとした反応速度は褒めてやってもいいが、いかんせん目の前にいる相手が悪すぎた。

踏み足を蹴り上げられ、駆ける姿勢に移行しようとしていた体が、斜めになった状態のまま空中でコマのように回転する。

目を回して地面に叩きつけられ、あっという間に伸びてしまう。

哀れ青年はよく分からないうちに駆け寄ってきた兵士に捕まることとなった。

「ご協力感謝します！」

「偶々《たまたま》だったから、そんな恐縮しないで」

一斉に兵士たちに敬礼をされては、ケーナもたまらない。

本当に偶々の偶然なのだ。

何気なく人が並んでいる列に【サーチ】を掛けたらどうなるのか、と思っただけの行動であった。

まさか最前列に詐欺師兼スリが控えていたとは誰も思うまい。

当人が一番面食らっているけれども。

「プレイヤーを見るのとは違って、表示されたのが職と称号と状況って、何なのよ、今のは」

『参考マデニ、ドウ表示サレタノカ伺ッテモ？』

「名前とレベルが一桁。詐欺師と『財布を大量にスッた仕事後』という注釈が見えたわね」

『成程《ナルホド》。システムノ恩恵ダケ、トイウ訳デモナサソウデスネ』

キーと話していたら、西門の兵士長に「お手数をお掛けしました。騎士団長の婚約者様！」などと言われて、ケーナは噴き出した。

それを聞いた副ギルドマスターにも「それは私も耳にしたことがあるが本当なのか？」などと尋ねられる始末。

謎の連絡網により、騎士団長の婚約者として周知されつつある今の状況がすでに怖い。

これはシャイニングセイバーが侮られているのか、ただ単に心配されているだけなのか。

とりあえず、身近なところから誤解を解くことを始めよう。

「全くのデマなんで信じないで下さい！」

「お、おう……。分かったから肩から手を離してくれ。ミシミシ言ってる、ミシミシ言ってるから」

青い顔で納得してくれた副ギルドマスターが案内してくれたのは、西門より少し歩いた先のとても見覚えのある所だった。

「襲撃の時にぴーちゃんが暴れた場所じゃないの」

最終防衛ラインだった広場ともいう。

兵士や冒険者を待機させることを前提に、街道の左右の森を切り開いた所を練兵場として再利用しているのだろう。

ここなら街道を通る者に睨《にら》みを利かせられるし、何かあった時に守ることもできる。

現に街道に沿った片方では、駐留している兵士たちがそれぞれ訓練に励んでいた。

そしてその反対側には五人の男が、適当に座って寛《くつろ》いでいる。

「待たせたな」

「待ちくたびれましたよ」

副ギルドマスターが前に出ると、杖を持った優男がふらりと立ち上がる。

他はスキンヘッドの人族に、眼帯をした人族。

灰色毛並みの犬人族《コボルト》と、モヒカンをおっ立てた世紀末風な人族の四人だ。

この五人で毒蛇の腹というパーティだという。

ケーナの【サーチ】で判明したのは四人が四〇レベル以下。

プレイヤーなのは世紀末風な格好の人族のみだった。

こちらのレベルは一〇〇弱なので問題外である。

「諸君には予選として、こちらの彼女と戦ってもらう。勝てば予選通過とする」

副ギルドマスターがそう告げれば、口笛や拍手が毒蛇の腹の面々から巻き起こった。

「そんな嬢ちゃんを倒すだけでいいのかよ！」

「温い試合をしろってかあ？」

「副ギルドマスターも耄碌《もうろく》したんじゃねえの！」

「こんな簡単な試験を受ける意味があんのかね」

四人が口々にケーナのことを侮る中、硬い声を発したのは杖を持った優男である。

「気を付けろ、お前たち。その嬢ちゃんは時々酒場で話題に上る、水の上を歩く嬢ちゃんだぞ。一筋縄でいくものか」

ゲラゲラと笑っていた他の仲間は、優男の言葉に一斉に口を噤《つぐ》んだ。

それまでの力が抜けてリラックスした態度から、一瞬で戦闘態勢を整える。

各々が武器に手を掛け、ケーナにギラついた視線が集中する。

（やれやれ、侮ってくれると楽だったんだけどなー）

『リーダー格ガイルダケマシデハ？』

侮ってくれたままなら勝手に崩壊していくんじゃないかと思っていたケーナは、完全に当てが外れて溜息を吐いた。

まさか水の上を歩くことで名が知られるようになるとは思っていなかったので。

話を聞く限りではクズの集団と思っていただけに、ここまで統制が取れているのは想定外である。

「こいつが？」

「そうは見えんが……」

それでもまだ半信半疑なメンバーたちの中で、モヒカン頭だけが細めていた目を丸くして後退していた。

モヒカン頭もケーナ同様に【サーチ】を仕掛け、何も見えないことに驚いたのだろう。

今のところケーナのステータスを閲覧可能なのは、本人の他は同レベル帯のオプスのみだ。

一応名前と所属国だけは見えるのだが、自己紹介なしの素の状態でケーナを『銀環の魔女』と見破るプレイヤーも限られている。

一〇〇ちょっとレベルがケーナを閲覧しようなどとは、身の程を知らないにも程がある。

「おい、どうした？」

「ヤバい、その女はヤバい！　リーダー！　リーダー！」

モヒカン頭がかなり怯えた様子で注意を飛ばす。

ケーナの正体に勘付いた訳ではなさそうだが、必死さは伝わってくる。

「腹くくれ！　ここで予選を抜けなければ、またあの楽しい日々は戻ってこないぞ」

「「お、おう！」」

リーダーと呼ばれた優男の叱咤《しった》に全員がやる気を見せ、それぞれの得物を抜く。

闘技祭を混乱に陥れた連中が、何を世迷いごとを。

採点を甘くして毒蛇の腹に予選を通過させてしまえば、ギルドからの依頼が失敗になる。

かといって迂闊に殺傷力の高い魔法を放てば、地形を変えるどころの話では済まない。

相手の折れた心すら残らない嫌がらせなど言語道断だ。

ケーナはアイテムボックスから歪《いびつ》な形の剣を抜いた。

刀身の真ん中に牙の生えた口が付いた剣。

コイローグも使っていた餓狼の剣《かみつきちゅうい》である。

引き抜いた瞬間から口をガッチンガッチンと開閉させて、「ゲッゲゲゲゲッ！」と不気味な唸《うな》り声を発していた。

一定時間沈黙するという、よく分からないイベントの報酬である餓狼の剣は、切り結んだ相手の武器を喰い散らすという特殊能力を有している。

あとついでに唸る笑う、とレア武器ながら不快な武器ランキング二位に君臨していた。

ちなみにランキング一位は、同じ武器破壊の能力を有していてやたらと騒々しく喋る、騒音の盾《くちをとじろ！》だ。

餓狼の剣を手にした瞬間、モヒカン頭の顔色が劇的に悪くなった。

「クソッ、これだから黒の国の連中はっ！」

（おや？）

『ホホウ、所属国偏見ガココニモ』

困惑するケーナとは裏腹に、キーの方は楽しそうだ。

何となくニヤニヤしているという雰囲気を感じる。

ケーナはよく分かっていなかったが、ゲーム中の戦争イベントでプレイヤーに一番嫌われていて、一番相手にしたくない国というのがぶっちぎりで黒の国陣営であった。

一般プレイヤーからすると雲の上の人とも言える超越者プレイヤーが固まっていて、頭のおかしいギルドの集合体であったからだ。

少人数でも全員超越者のくりーむちーずギルド以外にも、プレイヤーだろうがＮＰＣだろうが関係なく所構わず罠を仕掛けて楽しむ風魔忍軍ギルドとか。

女装したむさいおっさんがゲーム内でバーを営業し、時々イケメンプレイヤーを誘拐したりする変態の集まり、ピンクパイナップルギルドとか。

戦争イベントの時は各地の様子を正確に記録して実況する傍ら、小さな身内のイベントを素早く嗅ぎ付けてサクラを投入し、全体イベントとして場を引《ひ》っ掻《か》き回《まわ》すことに定評のある実況中継ギルドとか。

その他にも濃い連中があれやこれやと。

とにかく一癖も二癖もあるギルドの集まりだった。

それも最初は別々の国の陣営に所属していたのだが、徐々に追いやられて黒の国に集結した結果である。

他の国も品格がどーとか言ってそいつらを追い出したんだから、黒の国のせいだけとも言えないのではなかろうか。

それらを率いて指揮官のオプスが采配を振るうのだ。

隣接する白国や紫国は毎回おぞましい目に遭っていたのである。

そんなことが毎回起こるものだから、黒の国陣営はヤバイ、というのがリアデイルを遊んでいた全プレイヤーの認識だ。

モヒカン頭もそんな噂《うわさ》を信じていたプレイヤーなのだろう。

悪態を吐きつつ、優男に対して戦いを回避するよう進言していた。

「あいつはマジでヤバイっすよ。ここは引きましょう」

「馬鹿ですかキミは。そんなことをしたら一年待った甲斐《かい》がないじゃないか」

「死ぬよりはマシですって！」

「相手は一人です。先手さえ取れば私たちに勝てない戦いはありません。キミも腹をくくりなさい。いいですね」

「うっ、は、はい……」

モヒカン頭は弱みか何かを握られているのか。

レベルが下の住民にずいぶんとこき使われているようだ。

相手のやり取りは耳に入って来てはいるが、ケーナは殺さないような戦い方を模索するのに思考をフル回転させていたので、よく聞いていなかった。

キーは向こうのやり取りも克明に記録していたが、ケーナに開示を求められなかったら破棄する予定である。

数メートルの間隔をあけて相対する一人と五人。

街道の反対側で訓練していた兵士たちも、手を止めて予選を見物するつもりのようだ。

「いいな。負けたら失格。相手を殺してしまっても失格だからな。特に毒蛇の腹。お前らだ、お前ら！　特に気を付けろよ！」

「大丈夫ですよ、マスター。相手は女性ですからね。私は女性には優しくすることに決めているんです。ベッドの中でね」

ねっとりとした欲望まみれの視線にもケーナは動揺した様子はなかった。

この手のセンシティブな発言は、かつてのギルドメンバーのエベローペに散々聞かされて、しっかりと耐性が付いている。

ケーナの瞳にすら動揺の兆しが見付けられず、優男は訝《いぶか》しげな表情になる。

副ギルドマスターの「始めっ！」という合図で、予選試合がスタートした。

ほぼその合図と同時に「お母様頑張ってー！」という聞き覚えのある楽しそうな声が聞こえて、思わずケーナは街道の方を振り返る。

そこにいたのは大きく手を振り、ケーナにウインクを飛ばすマイマイであった。

「マイマイ……。何でいるの？」

唖《あ》然《ぜん》と呟くケーナ。

その姿は誰が見ても隙だらけだ。


開幕は球体となった真っ赤な炎から。

「ファイヤーボール！　はははは！　俺たちを侮ったことを後悔するがいい！」

それまでの丁寧な紳士の仮面を投げ捨てて、優男が嘲り笑う。

一直線に飛んだ火炎球は、ケーナの姿を爆炎で覆い隠す。

母親の姿が爆炎に消えても、見物人となっているマイマイは落ち着き払っていた。

ニコニコした上機嫌な様子を失っていない。

爆風が吹き荒れる中、犬人族《コボルト》がトドメとばかりに投げナイフを二本投擲《とうてき》した。

「チッ、武器を抜く間もなく終わっちまったぜ」

などと舐《な》め腐《くさ》っていた眼帯男は欠伸《あくび》を噛《か》み殺《ころ》す。

しかし、モヒカン頭の「あんなんじゃ攻撃にもならねえっ！」という焦り交じりの叫びに、大剣を構え直した。

土煙の中から無傷で現れたケーナは、右手で弄んでいたナイフ二本を後ろへ投げ捨てる。

「で？」

笑いながら首を傾げて挑発した。

「しぇあっ！」

眼帯男が真っ向から振り下ろした大剣を、ケーナは左手に持った餓狼の剣で受ける。

「隙だらけだぜ！」

スキンヘッドが眼帯男の陰から現れ、剣を腹に向かって突き刺した。

だが切っ先は、ケーナの数センチ手前で見えない壁に阻まれ停止する。

「なっ⁉」

「無理だって」

スキンヘッドの眼前にケーナの右の掌《てのひら》が広げられる。

その指の隙間からケーナを見上げたスキンヘッドの目が大きく見開かれた。

【魔法技能《マジックスキル》：暴飲暴食《ガルガルー》】

「寝てろ」

右手より放たれた黒い霧がスキンヘッドの全身を覆い隠す。

黒い霧自体はすぐ消えたが、スキンヘッドはその場に倒れ伏したままだ。

「「「!?」」」

三人が息を呑み、仲間の姿に動揺する中、モヒカン頭が「そいつは気絶してるだけだ！」と叫ぶ。

その一言で我に返った眼帯男は、切り結んだ剣から異音が聞こえて来るのに気が付いた。

ボリボリガリガリ。

なんとケーナの剣が大剣を齧《かじ》っていた。

ヒビが入り、砕かれ、細かな欠片《かけら》さえも残さず喰いつくす。

剣というより大食漢な魔物のようだ。

慌てて距離を取った眼帯男の大剣は四分の一が喰われ、その用途を為さなくなっていた。

「何だありゃっ!?」

驚くことが多すぎて突っ込みが追い付かない。

奴の行うこと、動き、発言。

逐一説明をしてもらいたいところだが、モヒカン頭にも分からないことが多く、その全てを解説するには至らない。

無表情に剣を手元でくるくる回したケーナが、切っ先を犬人族《コボルト》に向けた。

「さっきから風に乗せて毒とか麻痺とか撒いてるみたいだけど、私にそんなん効かないわよ」

ケーナの周囲には彼女にしか見えないステータス表示が展開されていて、近辺の状況ログには「毒無効を発動」とか「麻痺無効を発動」という文字が流れている。

驚いた犬人族《コボルト》は動揺した様子であたふたと腕を振り回し、持っていた袋を後ろ手に隠す。

そんな動作をしていればバレバレだ。

仲間たちから舌打ちが飛び、犬人族《コボルト》は滝のような冷や汗を流して硬直していた。

それを聞いた副ギルドマスターの目尻が吊《つ》り上《あ》がったが、試合の結果が出るまでは中断することはなかった。

「クソッ、これならどうだ！」

優男が吠《ほ》えて、先程より一回り大きい火球が生成される。

それがケーナを呑み込まんと飛んで行く。

【魔法技能《マジックスキル》：氷の矢《リザ》】

「ていっ」

ケーナ側から射出されたペンサイズの氷の矢が火球と接触。

ケーナとマイマイ以外の者が、火球に氷の矢が飲まれて終わると思っていた。

だが、氷の矢が火球を突き抜けながらあっさり火の粉を霧散させる。

皆の目が点となった。

飛来した氷の矢は、呆然《ぼうぜん》としていた優男の持っていた杖に命中してへし折ってしまう。

「あ、あああっ⁉」

優男の悲痛な声に仲間たちが振り向いて、顔が苦渋に歪む。

ケーナは腰に手を当てて「まだやる気？」と四人に決断を迫った。

どちらかというとケーナの方が、男たちを殺さないように細心の注意を払って行動しているのだ。

すぐ効果が出て、気絶させる魔法なんて【暴飲暴食《ガルガルー》】くらいしか思いつかない。

後は楽器を演奏して相手を眠らせる方法とか。

延々と転ばせて相手に何もさせずに勝利する方法であるとか。

手足を一本ずつ折っていって、相手に無力感を味わわせる方法であるとか。

……いかん。

段々、オプスの取る手段に似てきたような気もする。

そう気付いたケーナは頭を振って邪念を追い出した。

「「「いいや！　まだだ！」」」

モヒカン頭がケーナと同じく餓狼の剣を取り出し、優男が杖なしで魔力を練り上げ、眼帯男が腰から短剣を抜き、犬人族《コボルト》が無数のナイフを手に取ったところで、ケーナは大きな溜息を吐いた。

これは呆れたんじゃなくて、諦めて最後の手段を使うことにしただけである。

ケーナの前の地面に直径二メートルもの赤い召喚陣が形成され、突っ込もうとしていた毒蛇

【召喚魔法《サモンマジック》：皇帝《エンペラー》スライム】

の腹たちは足を止めてたたらを踏んだ。

そこからぺいっと吐きだされたのは、人の掌に乗るくらいのプリンである。

正確にはぷっちんされるプリン似で、頭頂部に王冠の乗っているスライムが登場した。

プリンを見、ケーナを見て、仲間たちと顔を見合わせた毒蛇の腹のメンバーたちは突然に笑い出す。

「はははははっ！　こんなちっこいのに頼るってかあっ！」

「ぐははははあっ！　俺たちも舐められたもんだぜ！」

「ぶひゃひゃひゃひゃっ！　こんなちっこいのに何ができるってんだ！」

「ふへへへへっ、こんなのなら俺一人で充分だぜ！　見てろ！」

犬人族《コボルト》がナイフ投げの態勢に入ったところで、皇帝スライムはゴマ粒のようなつぶらな瞳をケーナの方に向けた。

ケーナはそれに応えるように頷くと、皇帝スライムに一言「腹痛」と伝える。

途端に皇帝スライムから噴き上がった黄色い魔力が犬人族《コボルト》に浴びせられた。

黄色い靄《もや》のようなものを浴びせられた犬人族《コボルト》は目を瞑って衝撃に供えていたが、おそるおそる目を開けると体をぺたぺたと触って何もないことを確認する。

突然のことで一瞬笑いが止まっていた毒蛇の腹の三人は、きょとんとした間抜け面を晒した後、再び笑い出した。

雷鳴のような音が鳴り響くまでは。

笑い声だけが響くその場に、突然不自然なゴロゴロゴロゴロッという音が鳴る。

同時に両手に持っていた投げナイフを取り落とした犬人族《コボルト》が、腹を抱えて倒れた。

「ど、どうしたっ！」

仲間たちが駆け寄る中、脂汗を垂らして口を開け、舌をだらりと零した犬人族《コボルト》は「は、はら、が……、い、いてえ」とだけ何とか口にする。

優男やモヒカン頭や眼帯男がハッと気付いて元凶のプリンを凝視する頃には、ケーナは次の指示を皇帝スライムに下していた。

「嘔吐《おうと》」

今度は四人にそのどうしようもない嘔吐感が襲い掛かる。

酒を飲んで暴食した訳でもないのに、胃の奥底から溢れ出る嘔吐感が止まらないのだ。

こんなところでみっともない姿を晒してはいけないというプライドだけで、男たちは口を押さえて、必死に耐える。

「二日酔《ふつかよ》い」

続いて四人を襲ったのは頭の中で半鐘を思いっきり叩いて鳴らされたんじゃないかという程の強烈な頭痛だった。

ガンガンガンと耳鳴りが止まらず、頭の奥底から脳髄を叩く痛みにはとても耐えきれない。

男たちは口と頭を抱え練兵場を転げまわった。

それでも痛みや苦しみからは逃げられない。

「意外に粘るね」

苦しみ続ける毒蛇の腹のメンバーたちを眺めながら、ケーナが呟く。

実のところ、彼らは苦痛に耐えきれず、呻《うめ》き声《ごえ》以外出せないのだ。

ケーナの体をぽいんぽいんと跳ねながら登って来た皇帝スライムが左肩に乗る。

しかし、ケーナの髪の中から現れたクーに「がるるるっ」と唸られると、びっくりして反対側の右肩に逃げた。

「こらこら、クーちゃん。大人気《おとなげ》ない真似《まね》はしないの」

「ぶー」

ケーナに注意され、膨れっ面をしたクーは皇帝スライムを追い出した左肩に座った。

「お、おい。あれは大丈夫なのか？」

副ギルドマスターが苦しみ続ける毒蛇の腹の面々を指差して、その容態の心配をしていた。

あんなに嫌っていたというのに、不思議なことである。

「ただの異常状態になっているだけですよ」

「それにしちゃあ、あの苦しみようは尋常じゃないだろう？」

強制嘔吐と最上級の二日酔いに襲われた人にしか分からない苦痛だ。

【苦痛耐性】スキルすら持たない者には地獄に落とされたような状態である。

「お、お母様、その召喚獣は何ですか？」

「こりゃ、試合は続行不可能かな」と呟く副ギルドマスターに続き、顔を引きつらせたマイマイが尋ねて来る。

「皇帝スライムだよ。三〇〇レベルで、プレイヤーでも使えない異常状態魔法の使い手なの」

頭にえげつないと付くが。

主にスライム集団の後ろに控えて出現するため、超越者たちでも対処に困るモンスターの一角である。

当時は無効スキルなんてなかったから。

「あと二つくらい足しておこうか」

青を通り越して白くなっている顔色の毒蛇の腹の面々を睨むケーナに、マイマイと副ギルドマスターが慌てて縋《すが》りついた。

幾ら憎く思っていても、のたうち回って苦しむ者に追い打ちをかけるほど副ギルドマスターは人間が腐っていない。

ケーナの場合はもっと根源まで心を折っておこうと思っただけだが。

「お願いです、お母様！　暴君はそこで終わりにしてあげてください！」

「暴君って何よ、暴君って」

「こ、この試合は君の勝ちだ。速やかに彼らを解放し、ギルドで報酬を払ってもらってくれ！頼む！」

「何だか私が悪いみたいじゃないですか、それ」

皇帝スライムに「解除」と伝えると、彼らの芋虫がのたうつような動きが緩慢になり、やがて停止する。

最初に腹痛が掛かっていた犬人族《コボルト》なんかは、異臭を漂わせながら泡を吐いて白目を剥いて気絶していた。

異常状態が解除された今はＨ　Ｐ《ヒットポイント》が微量に減っている以外は健康そのものである。

後遺症《トラウマ》に悩まされるかもしれないが。

マイマイが一人一人に【単体回復《デュール》】を掛けて回り、気が付いた男たちがのろのろと起き上がる。

うろんなその瞳がケーナの姿を捉えると、優男と犬人族《コボルト》が悲鳴を上げて一目散にその場を逃げ出した。

誰も止める暇もなかったくらいの素早い逃げ足である。

途中から気絶していたスキンヘッドだけがぴんぴんしていて、モヒカン頭と眼帯男は再び気絶したのは言うまでもない。

「あー。ここの後処理はこっちでやっておく。ケーナ君はもうここを去り給え」

「そうです。そうしましょうお母様。ギルドへ行きましょう」

額を手で押さえた副ギルドマスターと、背を押してここを去ることを勧めるマイマイによって、ケーナはフェルスケイロの中へ押し込まれた。

彼女が冒険者ギルドで毒蛇の腹が解散したと聞いたのは、もっとずっと後の話である。

# 第二章
# 受付と、誤解と、母子と、仕込みと

ケーナが鬼畜行動で毒蛇《どくへび》の腹《はら》を苦しめる少し前、オプスは東門の外に設置された闘技祭《とうぎさい》受付に顔を出していた。

あの威圧感バリバリの金模様の入った黒いローブ姿に、サイレンを連れている状態でだ。

受付に座っていた小男を、眼光だけで戦々恐々とさせていた。

「よお、ここは闘技祭の登……、いやいやダンナ⁉　あっしは何も悪いことなどしておりやせんぜ。しょっぴかないでくだせ……え？　違う？」

何故《なぜ》かその威風堂々とした立ち姿だけで、何かを取り締まる官憲に間違えられていた。

「なんでぇ驚かすない。使用人なんてぇ連れてるからてっきり御貴族様かと思っちまったじゃねえか」

「ここで闘技祭の受付をやっていると聞いたのじゃが？」

周囲にあるのはフェルスケイロの東の門くらいなものだ。

時折、徒歩や馬車でやって来る来訪者の身元を確認する門番の応対する声が漏れ聞こえるくらいで、比較的静かな環境である。

闘技祭というからには出場を希望する者で溢《あふ》れかえっているのかと思っていたが、事前に聞いていたスカルゴの話の通りで、オプスたち以外の参加者は皆無だ。

「あ、ああ。ダンナの言う通り、ここは闘技祭の参加者の登録窓口だ。なんか拍子抜けしてるみたいだが、毎年こんなもんだぜ。ここにずらーっと人が列を成したなんてのは、記録によれば一〇〇年以上も前だ」

「ふむ、そのようじゃな」

「しょぼくれたなりだが、俺はれっきとしたこの国の兵士なんだぜ。ここに来たってことはダンナも闘技祭に出るんだろ？　ほれ、登録用紙だ。ここに名前を書いて提出してくれればいい」

　ぺらりと渡された紙を見れば、代表者の名前とパーティの参加人数とパーティ名を書く欄しかなかった。

　実にアバウトな参加申込書である。

「少々質問をしても？」

「ああ、俺で答えられることならな」

　顎に手を当てて考えていたオプスの問いかけに、小男は大仰に頷《うなず》いた。

「例えば、傭兵団《ようへいだん》が丸ごと参加しても、全員揃《そろ》って試合には臨めるのかね？」

「あー。残念だがダンナ。それは無理ってもんだ」

　小男は手を振ってオプスの考えを却下する。

「最大参加人数は対戦相手と同数だ。対戦相手が二〇人規模の傭兵団でもなけりゃあ、大抵は五人か六人じゃねーかと思うぜ」

「なるほど、最小パーティ人数は越えられぬのか」

最小パーティ人数はゲームの頃の単位に当たる。

一パーティ最大六人となるが、ここでもその名残《なごり》は残っているらしい。

「一人でも出場可能とはいかんのだな」

「いやいやダンナ、たった一人で団体戦は無理だぜ。ほれ、そこの看板にも書いてあんだろ。『団体戦は三人以上から』と。は？　え？　そっちの姐《ねえ》さんも一緒に出るゥ？　オイオイ使用人が荒くれドモの相手をするってぇ正気かよ。もう一度考え直してみた方がよくないか？」

「大丈夫ですよ。心配して下さってありがとうございます。これも使用人の務め。気になさらないで下さい」

サイレンがペコリと頭を下げると、渋い顔をした小男は何も言えなくなってしまう。

同時に別のことに気が付き、顔をしかめる。

「ダンナとメイドで出るのか。しかし、一人足りなくないか？」

「今は別行動でな。後で合流する予定じゃ」

オプスの適当な言い訳を、小男はそんなものなのかと受け流した。

今は闘技祭前で街中が混雑しているため、宿の手配とか消耗品の購入とかを別行動の者が担当しているのだろうと、勝手に決めつけたのである。

「怪我《けが》で済まねえ前に止めといた方が、いいと思うんだがなあ……。やれやれ、世の中には奇特な奴《やつ》もいるもんだなあ。俺は止めたからな。後で後悔すんじゃねえぜ」

「それでいて止めないとなると、お主が目の役割を担っておるのじゃな」

オプスがズバリ切り込むと、小男はギクリと体を強張《こわば》らせた。

「よく分かったな。ダンナも目が良い方か？」

「ああ、目には自信があるな。いや、そう固くなる必要はない。暴こうとは思っておらんのでな」

「ひゅー、寿命が縮むかと思ったぜ。ダンナの纏《まと》っている雰囲気はおっかねえからな。ここを通る資格は充分だ。ただ……」

「ただ？　ただ、何じゃ？」

「予選用の依頼は確か碌《ろく》なもんが残ってなかった筈《はず》だぜ。あと数日で終わるか怪しいもんだが、ダンナの奮闘を祈るぜ」

「振り分けもお主が担当するのではなかったのか。それは残念じゃな」

「ああ、俺は精々、失格者たちに罠《わな》予選をあてがうくらいだな。それはもう終わっているから安心するといいぜ」

その罠予選がケーナと対戦することであったなど、オプスは知らないのであった。

もし当たっていたとしたら、とんでもない大決戦が繰り広げられたのかもしれないが。

小男の慧眼《けいがん》に感謝である。

「ほい。このカードをやるから冒険者ギルドへ持って行ってくれや。さっき言ったろ、予選的なテストがあるって。それで冒険者ギルドから出る専用依頼を闘技祭開始二日前までにこなして、ギルドから出場権となるエンブレムを貰《もら》ってきてくれ。それをまたここに出してくれればダンナの予選は終わりだ」

「二日前と。三日でどうにかできる依頼であればよいが……」

「実質、闘技祭まで五日しかねえからな。頑張ってくれよダンナ。健闘を祈るぜ」

そもそも闘技祭がこんな間近に迫ってから動くオプスが常識外れなのだ。

その理由も、最初はケーナに隠れてやろうとしていたからなので、自業自得である。

「しかしご主人様。もう一人はどうするのですか」

冒険者ギルドに向かう途中で、サイレンが呆《あき》れた溜息《ためいき》交じりに聞いて来た。

サイレンにももう一人の心当たりがないので、当然の質問である。

「まさか、ケーナ様を加えようなどとは思っておりませんよね？」

「あのな、我と彼奴《あやつ》が揃ってしまったら、この地上に勝てる奴が誰もおらぬじゃろう」

二人揃うまでもなく、オプス単独でもすでに勝利は約束されたものである。

サイレンが呆れる理由はこのことだ。

オプスがわざわざ人々の目に留まるような真似《まね》をするのは、この先の計画を実行するにあたってプレイヤーにオプスの存在を知らしめるためだ。

ゲームの時の有名勢というカテゴリーに、くりーむちーずギルドメンバーはほぼ入っていた。

その中で特に名と顔を知られていたのは、オプスとサブリーダーのエペローペである。

オプスは戦争時に指揮官として、実況中継でインタビューに答えることが多かったためだ。

エペローペはその【歩くインモラル】という二つ名と格好のせいで、男性プレイヤーに特に絶大な人気を誇っていた。

ケーナはギルドメンバーというよりは、ハイエルフコミュニティの一員として。

銀環さえ使わなければ、そうそうにスキルマスターとして身バレはしなかったのである。

中には執拗《しつよう》に狙っているプレイヤーもいたにはいたのであるが。それは例外として。

オプスは生きている広告塔として自分を使う気なのだ。

そのために否《いや》が応《おう》でも大勢の目に触れ、終わった後も語られるような場が必要なのだが、そういうのは、今の時代に貴重なのである。

ただし想定している〝大勢〟の内の数パーセントには、逆恨みから逆上して特攻を仕掛けて来るプレイヤーというのも含まれる。

それはまあどうにかあしらうとして、問題はもう一人の人員だろう。

一番の近道は【召喚魔法《サモンマジック》】で呼んでしまうことだ。

ただ、人型というのはピンからキリまでいて、異形の者が多いせいで、観客に忌避されないかが心配になる。

「これは最後の手段を使うしかないかのう……」

と言いつつ懐から取り出した物を見て、サイレンの目が点になった。

「こんにちは、ようこそ冒険者ギルドへ。本日は何の御用でしょうか？　ああ、はい。分かりました。闘技祭の団体戦予選用の依頼ですね？　それでしたらこちらになります」

冒険者ギルドに到着して受付で用件を述べると、オプスの前に依頼内容を伏せた紙が三枚並べられた。

この中からどれかを選べと言うのだろう。

オプスは全く何も考えずに真ん中の依頼票をひっくり返した。

それを覗《のぞ》き込んだ係りの者の目が大きく見開かれる。

「『堺屋《さかいや》の大旦那からの手渡し？』何じゃこれは？」

目を走らせたオプスも依頼票に書かれた文を読んで首を捻《ひね》る。

中々に分かり辛《づら》い文章だ。

「はい、そちらはですね。ヘルシュペルの堺屋の大旦那様に預けてある、予選通過のエンブレムを取ってくるという依頼です」

係りの者から申し訳なさそうな眼差《まなざ》しを向けられ、オプスは益々腑《ふ》に落ちない。

どうしてそういう感情を向けられているのかが分からないからだ。

係りの者の胸の内はこうだ。

折角有望そうなパーティが参加できそうだというのに、締め切りまで三日しかなくてヘルシュペルまでの往復は不可能である。

しかも堺屋の大旦那との面会など、最難関の部類だ。

普通は知り合いの紹介状などを同封して、面会願いの書状を出し、運良く受理されたとしても、実際に会えるまでは一ヶ月以上もかかるのが常識である。

しかし、その心配を余所《よそ》にオプスは「ふむ、何とかなるじゃろう」と呟《つぶや》きギルドを出て行った。

後にはあっけにとられる係員が見送るばかりであった。

「あと三日であの依頼をこなす気かしら、あの人？」

「……ねえ、今の魔人族の人、とてもパーティ組んでるようには見えなかったけど、もしかして一人だけ？」

「そんな訳ないでしょう。団体戦は三人以上からだって、受付でも確認してるはずよ」

「そ、そうだよね！　代表で来ただけだよね！　なんか後ろに侍《はべ》らせてたの女性一人だったのは気のせいだよね！」

「……メイドは侍らせている中に入りますか？」

「何妙なこと言っているんですか先輩？」

「冒険者の方たちを詮索しても私たちにできることは少ないですから。せいぜいその方の身に合った、生還率の高い仕事を紹介して差し上げるだけですし……。たまにいる例外を除けば」

「ああ、ケーナさんとかね。最近あんまり見ないけどどうしたんだろうね？」

「なんでも子供を拾って、どこかの村に腰を落ち着けたそうだけど」

「素敵な旦那さんでも見つけたのかなあ？」

「さあね、ほらお仕事お仕事」

「あ、すみません。こんにちは、冒険者ギルドへようこそ。本日は何の――――」

　オプスを見送ったギルドの係員たちは好き勝手な会話を繰り広げていたが、何時《いつ》もの仕事を続けて行くうちに、彼のことを頭の片隅に追いやっていくのだった。

「あー。なんか妙に肩凝った気がするー」

オプスが予選の受付を終わらせた翌朝。

ケーナは欠伸《あくび》をしながら、うーんと伸びをして肩をぐるぐる回していた。

「まあ、お母様。ベッドは御身に合いませんでしたか？」

「合う合わないというより、違和感が凄《すご》かったかなあ」

何せケーナの記憶にある一番付き合いが長いベッドというのは、言っちゃあ何だが病院のベッドである。

家の自分のベッドも、硬さを何となくそっちに合わせて調整してあるため、男爵家の客間のふわっふわなベッドでは慣れない違和感から眠りが浅かった。

もう一度ケーナがふわわーと欠伸をすると、一緒にいたマイマイは「まあまあ」と微笑《ほほえ》んでいた。

一見すると寝坊した娘を送り出す母親のように見える光景だが、配役の実態は完全に逆である。

娘に見えるケーナが母親で、母親のように見えるマイマイが娘であった。

「ありがとうねマイマイ。泊めて貰っちゃって」

「いえいえ、闘技祭中にフェルスケイロに滞在するのであれば、男爵家《うち》で寝泊まりして下さると、私も嬉《うれ》しいですわ」

昨日、予選の試験官を終えてから宿屋を探したのであったが、何時もの宿も宿泊客がいっぱいだったため村に帰ろうとしたところ、マイマイに男爵家に誘われたのであった。

「でも冒険者なんか泊めちゃって、本当に大丈夫？」

冒険者が男爵家に出入りをして大丈夫か、というのは何時《いつ》ぞやにカータツが指摘したことである。

しかし、マイマイがケーナを連れて帰り、当主であるロプスに尋ねると「は？　悪く思いたいんなら悪く思わせておけばいいんじゃないか。うちは気にしない」とのことなので、カータツの懸念は見事に空ぶっているのであった。

更にはマイマイが「母親を家に招いて何が悪い！」と憤っていたものだから、カータツの懸念は無用となった。

名のある冒険者に館の警護を頼む貴族もいたりするのだから、今更冒険者が貴族邸に出入りするのに目くじらを立てたりする者はいない、というのがハーヴェイ家の執事のお言葉である。

どちらかというと、王族と交流を持ち、王女や騎士団とも懇意《こんい》なケーナの方が有名人であることに、当の本人が全く気付いていなかった。

マイマイに誘われた予定外のお客ではあったが、ハーヴェイ家の執事や使用人たちは快くケーナを迎え、食事に風呂にマッサージにと彼女を労《ねぎら》ってくれた。

どうやらお客なんて者はカータツとスカルゴ、それとロプスの両親がたまーに来るくらいで執事たちも物足りなさを感じていたようだ。

「今日はどうなさるのですかお母様？」

「うーん。ちょっと守護者のところに顔を出して……」

ケーナは返答をしかけたところで会話相手のマイマイに向き直る。

「そういえばマイマイはいいの？」

「何がですか？」

「学院には行かなくていいの？」

「ああ、お母様の心配事は分かりました。それは大丈夫です」

「そうなの？」

「ええ。闘技祭中は学院は閉鎖してるんですよ。ただでさえ貴族の子息、子女が多いので。警護の問題上、騎士団も手が回りませんしね」

「騎士団が手が回らないって、この国大丈夫？」

「どちらかというと騎士団の中核が毎年闘技祭に出ますからね。闘技場の警備は騎士でも希望する人が多いそうですよ。座席を巡って怪我人も出るとか」

「……おいおい」

スカルゴから聞いた情報以上に変な事態が、騎士団の中で起こっているらしかった。

ただ今年はオプスが出場すると意気込んでいるので、騎士団の活躍はまず無理だろう。

それも組み合わせ次第ではあるものの、オプスのことだから開始一秒で沈めて心を折ったりしないかが心配だ。

尚《なお》、ケーナが昨日やらかしたことは含まれないものとする。

「大丈夫かなあ？」

「何がじゃ？」

「そりゃ、オプスに心ない蹂躙《じゅうりん》をされる側の心配が……ん？」

唐突に会話に割り込んだ聞き覚えのありありな声の方へ顔を向ければ、オプスとその後ろに佇《たたず》むサイレンがいた。

いつの間にかそこに現れていた。

きっと繋《つな》ぐ能力で、何処《どこ》からともなく目の前に現れたのだろう。

この辺り、いじめっ子の面目躍如である。

そう考えたところで、ケーナの思考は一旦停止した。

「あれ？　今……？」

「どうしましたお母様？　その方に何かされたんですか？」

ととと、と近寄って来たマイマイに背中からギュッと抱きしめられた。

同時にぐいっと引っ張られ、オプスから距離を取らされる。

不審者から娘を守る親のような対応であった。

そんな状態はそっちのけで、ケーナの頭の中にはクエスチョンマークが乱立していた。

それは何故、何の疑問もなくオプスの行動を予想できたか、である。

その一。オプスに毒されつつある。

一番納得のできる理屈だ。あんまり自分では信じられないが。

その二。前にオプスから聞いたことがあるから、それを直感で感じられた。

しかしその直感は、【直感】スキルによるものではないため、何処からその信頼が来たのかが不安になる。

その三。オプスはそういう者だという認識が最初からあった。

その〝最初〟の起源は何処から来たのかが問題である。

文字通りケーナが桂菜《けいな》であった頃からの確信のような気がしてならないため、自分がよく分からなくなっている。

一瞬でケーナという存在がバラバラにされ、何かの要因によって再組み立てがなされた。

それが一番しっくりくるケーナ自身の説明であった。

「頭がこんがらがって来た……」

「お母様⁉」

吐き気のようなものに突き動かされて口を押さえれば、マイマイが優しく背中をさすってくれる。

ほんわかが充満したその場の雰囲気に、オプスの口元がへの字に引きつった。

それはケーナの吐き気が治まるまで続けられるのであった。

「うむ。【清浄】は気分悪いのにも使える」

「魔法一発であっさり解決しおってからに。自分を心配してくれた娘に対し、申し訳ないと思わないのか？」

「うん。心配させてごめんね、マイマイ」

気を遣ったオプスの発言であるものの、母親の知り合いとは言え見知らぬ魔人族を前にして、マイマイは膝が震えるのを止められなかった。

「ああ、マイマイ紹介するわ。こっちは私の昔馴《むかしな》染《じ》みの悪友でオプス。顔は怖くて性根はねじ曲がっているけど、悪い奴じゃないわ」

「お主に我のプロフィールを書かせたら指名手配書が出来上がりそうじゃな……」

人を紹介するのに、酷《ひど》い言葉しか出てこないのかとオプスは溜息を吐《つ》く。

「人をおちょくることに関しては天才的だけどね」

一応誉《ほ》め言葉である。

だが、マイマイだけはそれを聞いて目を輝かせた。

今までの怯《おび》えようが錯覚だったかのような、豹変《ひょうへん》ぶりである。

輝く瞳はケーナでなくオプスに向いていた。

「お母様」

「どうしたのマイマイ？」

恋する乙女《おとめ》のように胸の前で手を組み、熱を帯びた瞳でオプスを凝視するマイマイの姿に、ケーナは嫌な予感がしてならなかった。

「兄さんから聞いた特徴と合致します。もしかしてこの方が我ら兄弟のお父様なのですか？」

「ぶっ⁉」

『ア』

「あ？」

「ああ」

「あ」

三者三様の返答があった。

最初に噴き出したのはケーナ。スカルゴに語った父親像はオプスのイメージを借りていたため、そこからマイマイが判断したのだろう。が、オプスが旦那なんて冗談でも寒気がするレベルの嫌悪感を感じてしまって、あの反応だ。

二つ目の『ア』は、このような事態を想定してはいたが、ケーナの発言を止められなかったための後悔に至ったキーの発言である。

三つ目の「あ？」は、ケーナが仮定の誰かを説明するのに、以前にもオプスをイメージの元にしてしまった事例があったため、「いい加減にせよ」という意味合いが込められた「あ？」である。

自分の発言をすぱーんと忘れてしまうケーナが悪い。

四つ目の「ああ」は火の粉が自分に降りかからないことを安堵《あんど》したサイレンの発言だ。

五つ目の「あ」は何だかよく分からないけれど、流れに乗ってとりあえず言っとこうと思ったクーの発言である。

何かの言葉遊びと勘違いしているのかもしれない。

「いやっ、違う！　違うからね、マイマイ！」

「そうなのですか？　でも兄さんがお母様から聞いたと、そう話していましたが」

ケーナの頭の中を「やばーい」の文字が飛び交っていた。

スカルゴに、適当にオプスを元にして父親像を話した記憶が残っている。

まさかその時と寸分違わず同じことを言ってしまい、このような事態になるとは全く思ってもみなかったのだ。

まあ、後先考えずに口からポロリと言ってしまったことを悔いてもしょうがないが、この妙な方向に至ったマイマイへの誤魔化しをどうするかだ。

「いい、マイマイ。こんな奴を旦那にしたら、今夜にもあなたたちは実験材料として手術台の上よ！」

「えええっ⁉」

オプスを指差しながらマイマイに詰め寄ると、目を白黒させて驚いていた。

「……おいこら」

その後ろで冤罪《えんざい》を掛けられた本人が憮然《ぶぜん》としている。

「ケーナ様、その例えは余りにも……ブッ」

サイレンも抗議してくるが、言葉は続かなかった。

よく見ると噴き出して肩を震わせている。ツボに入ったらしい。

サイレンにも笑われているオプスの表情が益々無に近付いていく。

「ケーナよ。温厚な我でもしまいにゃ怒るぞ」

「あ、ごめん」

底冷えのする声で凄まれては、さすがに言い過ぎだったとケーナも謝った。

とはいえ、問題の解決には全然至っていないのである。

里子の父親はゲームのシステムそのものなので、今はケーナ自体が両親となるだろう。

そのシステムの生みの親は本を正せばオプスなので、父親だと言えなくもない。

ケーナたちスキルマスターを神代の使者か何かだと勘違いしているマイマイなら、あっさり信じるかもしれないが。

さすがにサブキャラやら里子の目的やら、色々な事情を含んだ説明をするのはマズ過ぎるけれども。

「お母様？」

「ごめん、マイマイ。オプスは絶対あなたたちのお父さんじゃないからね。それだけは信じて。理由は言えないけれど」

「……お母様」

意気消沈するマイマイと項垂《うなだ》れるケーナを見ていたオプスが「やれやれ」と呟いて前に出る。

オプスがここに来た目的を果たすため、二人をしょんぼりさせたままにしておくわけにはいかないからだ。

できれば気持ちよく依頼を遂行したいため、多少なりともオプスが折れることにした。

「ケーナの娘とやら。お主らの父親というのは我の血縁であった者じゃ」

「えっ!?」

「オプスッ!?」

マイマイはともかくケーナの驚きは「唐突に何言ってんの？」という戸惑いが多分に含まれていた。

咄嗟《とっさ》の作り話とは言え、システムを血縁と例えるのは間違っていない。

過去形としてもうすでにいないとしたが、『何処の誰だか分からない』よりは『確かにいた』として聞く方が希望は持てる筈だと思いながら、オプスは話した。

ただ種族に関しては濁した。

そこまでオプスがケーナの想定していた設定を知っている訳がないからだ。

後はマイマイたちが勝手に補完するだろうと思いながら。

「そうなのですか。ではオプス様は私たちの伯父様《おじさま》ということに？」

「伯父……」

結局、ケーナはオプスが親類扱いになってしまったことを、しぶしぶ承認するしかなかった。

もの凄く嫌そうに。

『元ヨリ、私ト同ジ眷《けん》族《ぞく》ノヨウナモノ。近クニイテモ問題ナイカト』

キーの慰めもあまり効果があるとは言えない。

「ショックが抜けるまでは、慣れないかも……」

そもそも同《どう》棲《せい》しているような間柄で気にすることはないのかと思いきや、ケーナの価値観によると親類と悪友の間には途《と》轍《てつ》もない違いがあるようだ。

沈んだ顔のケーナを気にせず、オプスとマイマイは和《わ》気《き》藹々《あいあい》と談笑していた。

「伯父様はお父様のことには詳しいのですか？」

「彼奴は我の上を行く悪戯《いたずら》好《ず》きだったからのう。意地の悪さでは負けておらんかったの」

「まあ！　そのような方だったのですね。これは兄さんやカータツにも教えなければ」

「……、少し早まったのかもしれんな……」

「？　今、何か？」

「いいや、何でもない。何でもないぞ」

「兄や弟と情報を共有したいので、今度はお父様のことを詳しく教えてくれると嬉しいです、伯父様」

「うむ。まあ、そのうちな」

（……ねえ、オプスってば自分の首、自分で絞めてない？）

『今度ハ逆ニ、架空ノ弟ノ設定ヲ、考エナケレバナラナクナッタ、ヨウデスネ』

誤解を解いてくれたのはありがたかったが、マイマイに詰め寄られて存在しない弟のことでタジタジになるオプスがいた。

マイマイもただ知りたいだけで悪気はないのだ。

後でその辺りの設定を詰めておく必要が出てきたのかもしれなくて、ケーナは頭を抱えた。

執拗に架空父のことを聞きたがるマイマイを何とかあしらい、オプスは今度こそとケーナに向き直る。

「そうそう、ケーナに頼みたいことがあったのじゃ」

「私に頼み事？　オプスが？　今度は何の企《たくら》み？」

毎回毎回、何かしらの片棒を担いでいた身としては、オプスからの声掛けはそういうものだという認識になってしまう。

「いや、今回は純粋に頼みたいことがある」

「企みじゃない頼み事って何？　珍しいわね」

「珍しいか？　結構頼んでおる筈じゃが」

「うーん。えーっとね？」

「……横から失礼します、ケーナ様。頼みというのは紹介状を書いて頂きたいのです」

揃って首を傾《かし》げる主人を見て、話が進まないと判断したサイレンが割り込んだ。

「紹介状？　誰宛《あて》の？」

自分の出せそうな紹介状って誰宛のだろうと考えてみる。

頭の中に浮かぶのは、オウタロクエスの女王であるサハラシェードの顔と、フェルスケイロの王女であるマイリーネの顔。

騎士団長のシャイニングセイバーに、教会の大司祭であるスカルゴ。

ヘルシュペルの騎士団指南役のケイリナに、堺屋のケイリックくらいなものだが、顔ぶれが権力者ばかりで段々恐ろしくなってくる。

「堺屋じゃな」

「「ケイリックへの!?」」

思ってもみなかった名前に、マイマイと一緒にハモって驚く。

オプスが商人に用立ててもらうようなことはないと、思っていたからだ。

「いえ、ご主人様が今更商人の方に顔繋ぎをしてもらうようなことではありません」

ケーナの考えをサイレンが肯定する。

「昨日言った予選の通過条件を得るために、堺屋に赴かねばならんのじゃよ」

「ああ、やっぱり出場するんだ」

「は？　伯父様が闘技祭に出るんですか？」

ケーナは呆れつつ納得していたが、マイマイは目を点にしていた。

「お母様、伯父様ってもしかして？」

「そ、私と同じスキルマスター」

「……この街、壊滅したりしませんよね？」

「する前に、私がオプスをぶっ飛ばすから安心して」

親子揃って疑っている事柄が酷すぎるのであった。

「おいケーナ。内緒話なら我のおらんところでせよ。それともう少し我の扱いに手心を加えたりせんか？」

「まあ、私も人のことを言えた義理じゃないのは分かってるけどさ。オプスは前例がいっぱいあるからね」

　毎度のことながら、オプスのやらかしたことに対する説明を諦めた。文句を言うことが無駄なのは、理解度が深いということだ。

　しなくても何かしらの理由を付けて、ぶっ飛ばされる気がしてならないオプスであった。

「紹介状って、以前にマイマイがケイリックに渡してって、預けた手紙みたいなのよね？」

「ええ、そうですねお母様」

「あの時、あの手紙にマイマイってば何を書いていたの？」

今頃になってどうしたんだろう、と思いながらマイマイは素直に答える。

「それはまあ、この手紙を持って来た者は貴方《あなた》のお婆様よ。ということくらいですか」

「紹介状ってそんな文面でいいんだ」

「いや、それはお主らの身内でしか通じんからな」

「普通はまあ、手紙を持って来た者の身分を私の名において保証するとか。この者はこれこれこういった功績を収めてるから、貴方の利益になりますよとか。そういった感じでしょうか」

「ふーん」

「分かりましたか、お母様？」

「分かるには分かったけど、私にはどう考えてもオプスが無害な魔人族だって説明できる文章が思い浮かばないわ」

サイレンとマイマイの口元が同時に引きつった。

サイレンは遠慮なく笑ってオプスに睨《にら》まれたが、マイマイは辛抱強く笑うのを我慢する。

「連れてっちゃえばー？」

それまでケーナの肩の上で皆を眺めて足をぶらぶらさせていたクーから、至極まっとうな意見が出される。

それを聞いたケーナはポンと手を叩《たた》いた。

「そうね。私が一緒に行ってしまえば、ケイリックまで一直線よね」

「え？　今から行くんですか？」

オプスもそう待っていられる日数がないというので、即ヘルシュペルに【転移】することになった。

オプスがその場を隔離して、周囲の目から集団を切り離す。

ケーナが碌にパーティ画面を確認せず、オプスが加入したという前提で【転移】を発動させた結果、マイマイ諸共ヘルシュペルの地へ跳ぶこととなった。


「……あ」

「あー」

「おいっ！」

「あら？」

「ええええっ！」

ヘルシュペルの東門より少し離れた場所に現れた五人。

呆然《ぼうぜん》としたまま【転移】で運ばれてしまったマイマイだけが素っ頓狂な悲鳴を上げる。

「え？　あれ？　マイマイ入ってた？　嘘《うそ》!?」

自分のステータス画面をバババッと表示させ、パーティメンバーにマイマイが加入していることを確認したケーナの目が丸くなる。

「あー、ごめん。マイマイ。勝手にパーティに入ってたわ」

「その場にいた者を一括《ひとくく》りにしとったからじゃろう。キチンと確認しておけば、このようなミスを防げるのじゃ」

「うう、面目次第もございません。ごめんね、マイマイ」

「い、いえ。別にお母様が謝ることでもありませんし」

反省して頭を下げるケーナに、マイマイは首を横に振って気にしてないとアピールした。

「それに、ちゃんとフェルスケイロに返してくれるのでしょう？」

「うん。それはもちろん。私の命に代えても」

「命には代えないでください。残された私たちが嫌です」

「あー、うん。ごめんね」

気を取り直してヘルシュペルに入る。

旅装も何もなく、荷物もロクに持っていなかったので、門を守る兵士には随分訝《いぶか》しがられた。隣国の、であるがマイマイが貴族だと分かると、あっさり全員を通してくれた。

堺屋に着くまでの道で、マイマイが周囲をやたらと気にしていたのが印象に残る。

「あっ、あの商店は随分と立派になって……」

「ああ、この樹《き》。あの頃は私より少し大きいくらいだったのに……」

「あー、あそこにあった建物はなくなって、緑地公園になったのですね……」

といった具合に街中の風景を過去と重ねて、喜んだり沈んだりと忙しい。

堺屋の前でも店構えに感動していた。きっとマイマイの知っている頃のお店の姿は、もっと小さかったりしたのだろう。ちょっぴり気になったケーナは、その頃の話も聞いてみたいと思った。

何度か訪ねているうちにケーナの顔を覚えてくれた人もいるので、若旦那であるイヅークに会うのはすんなりいった。

「曾《ひい》お婆様！　お久しぶりにございます。今日は何の……。お婆様っ!?」

イヅークはマイマイの顔を見るなり驚いて硬直してしまうのだった。

次の瞬間には踵《きびす》を返して店の奥に走り去ってしまう。

「……マイマイ」

「何でしょう、お母様？」

「イヅークの驚きようが尋常じゃあなかったけど、会ったことはあるのよね？」

「ええ、これくらいの時に」

人差し指と親指で示す「これくらい」は、とても人を指して言うサイズではない。

黙っていようと無関心を装っていたオプスにも、「胎児サイズは会ったことがあるとは言わんじゃろ」と突っ込みを受ける始末だ。

ケーナが口を開きかけたところ、店の奥からドドドドドという音がして、必死の形相のケイリックが飛び出してくる。

「母様《かかさま》っ！」

高跳びの選手のように綺麗《きれい》な踏み込みから体を捻り、空中で錐揉《きりも》みをする如く回転。

ゆったりとした服も躍動感に色を添える装飾の如く。

両手と両足を美しく添え、見事な着地態勢は土下座の姿勢。

「お久しぶりでございますっ!!」

「はーいケイリック。おひさー」

何か妙なわだかまりでもあるんじゃないかとその動きを見極めていたケーナたちは、笑顔で手を振り気の抜けるような声を掛けたマイマイの動作に揃って頭を抱えた。

頭の上に点を残してトンボやヒヨコが通って行ったのは、ただのエフェクトである。

「仲が悪いのか、それに纏わる盛大な謝罪でもあるのかと思ったじゃないの！」

「ご、ごご、ごめんなさい！　お母様」

「申し訳ありません、お婆様」

妙な肩透かしを食らってぷりぷり怒るケーナに、今度はマイマイが頭を下げた。

ケイリックは頭から大粒の汗を垂らし、手ぬぐいを片手にペコペコと頭を下げる。

二人とも【以心伝心】を持っているのだから、会わなくても会話するのは可能だったと、今更ながらに思い出す。

きっとヘルシュペルに到着したその時から、茶番劇でもやってケーナを驚かせようと画策していたのだろう。

五人が通されたのは二〇畳くらいの広い部屋だった。

何故か中央にテーブルがポツンとあるだけの。

オプスは額を押さえつつ、「間違いなくケーナの系譜じゃな」と呆れまくっていた。

サイレンが何処から《アイテムボックスから》ともなく取り出した茶器で、全員にお茶を淹《い》れて回る。

クーは広さに感動して、部屋の中を縦横無尽に飛び回っていた。

一通りの謝罪が終わると、ケーナがオプスを紹介し、マイマイがそれに伯父だという補足を入れる。

「こ、これはこれは大伯父様。お目にかかれて光栄に存じます。ケイリック・サカイと申します。今後ともよろしくお願い致します」

「オプスでよい。それに我はケーナの添え物のような関係であるので、名前で呼んでくれて一向に構わん」

「添え物かなあ？」

「お漬物ー」

オプスの言い方に首を捻るケーナに、クーは似て非なる物体に言葉を置き換える。

この世界にお漬物があるのかはまだ誰にも分からない。

「そんな畏れ多い」というケイリックに鋭い眼光を飛ばして、オプスは無理矢理呼び方を改めさせるのであった。

「わ、分かりました。今後はオプス様と」

「うむ、それで良い」

どっちが偉いのかよく分からない会話だったと、後にサイレンが呟いていた。

「それで今日はこの人数で、母様まで連れてどうしたのですか、お婆様？」

美形エルフ（ハイエルフ含む）だらけの中で一番年下っぽいケーナがお婆様と呼ばれるのは違和感もあるし、むず痒《がゆ》さもある。

そんな感想を何とか呑《の》み込《こ》んで、ケーナはオプスを促した。

「なんかオプスが堺屋で調達したいものがあるんだってさ」

「ほう！　私共にご用意できるものであればよいのですが。大伯父様、いやオプス様のご依頼の物は、私の名に懸《か》けても揃えてみせましょう！」

「いや、そんな蓬莱《ほうらい》の玉を取って来いとかいう話でもない。普通に闘技祭の予選通過のエンブレムが欲しいだけじゃ」

「ああ、これですね」

至極あっさりと懐から取り出した五角形の記章を、テーブルの上に置く。

「またずいぶんと素直に出したわねえ」

「お婆様なら私に会うのは簡単ですが、一般の冒険者であれば面会するのにひと月くらいかかりますから。まあ、今のところは暇なので、待たせて二〇日くらいでしょうか」

「それでもそんなにかかるの？」

「大会関係者からは、ギリギリまで伸ばして渡してくれ、と頼まれましたが大丈夫ですか？確か受付の最終が、明日くらいだったと記憶しております」

「問題あるまい。では頂くぞ」

「どうぞ。闘技祭でのご健闘をお祈りしております」

「うむ、済まぬな」

記章を引《ひ》っ摑《つか》んだオプスは【転移】を使って、サイレンと共にその場から姿を消す。

その荒れ狂う魔力の残滓《ざんし》を見送ったケイリックは、顎をパカンと開けて本日一の間抜けな姿を晒《さら》していた。

白目と開きっぱなしの口の顔が、ギギギギと軋《きし》みながらケーナの方を向く。

表情はよく分からないが、それに応えたのはマイマイだった。

「伯父様はスキルマスターなんですって。お母様と同じね」

ケーナがそれに続けて頷くと、ケイリックはぱったりと後ろに倒れた。

「白目剝《む》いてる」

クーが舞い降りてケイリックの頰をつんつんと突《つつ》いていた。

「そのうち元に戻るわよ」というマイマイの言葉は、分かり合っているんだか、冷たいんだか。

その言葉通り、ケイリックが正気に返ったのは五分くらい経《た》った頃だった。

「はっ！　大伯父様が！　お婆様、スキルマスターというのは？」

「前にケイリックに尋ねたことがあるじゃない。守護者の塔の三日月の城のことを。そのスキルマスターが、さっきのオプスなのよ。えげつない罠満載だから、城に足を踏み入れたら死ぬしかないけどね」

目覚めてすぐ質問が飛んで来るとは思わなかったが、答えを用意していたケーナは流せる情報を話しておく。

自分の血縁（？）であるならば、スキルマスターの存在や守護者の塔自体は、特に隠しておく必要もないことだ。

人柄的にも信用できるし、外に漏らすこともないだろう。

逆に危険な場所だと思ってもらえれば、城に手を出す者も減ると見越してだ。

ちなみにあの城は、ケーナでさえも容易に近付くことはしない。

肝試しにお化け屋敷へ踏み込むような要領で、一度数人の超越者仲間たちと突っ込んだことがあるからだ。

結果は惨敗。全員が死に戻ったというトラウマ案件である。

この結果だけ見れば、どれだけヤバイ場所か分かるというものだ。

当時のメンバーは満場一致で「アイツ絶対スキルを誰かに譲渡する気ないだろ」という言葉を残している。

そんな事例と、中で掛かった罠について解説すると、マイマイもケイリックも青い顔で震え上がっていた。無理もない。

「そういえば、大伯父様、もといオプス様は闘技祭に出るんですよね？」

「うん、出るみたいだね」

「お婆様は出ないのですか？」

「相対したが最後、フェルスケイロが地図から消えることになるわ！」

「ケイリック、恐ろしいことを言わないで！」

マイマイが悲鳴のように抗議の声を上げていた。

最強決定戦なんて誰も望まないし、ケーナもする気もない。

よく強さに固執《こしゅう》するプレイヤーがいたけど、頂上なんか極めても後から後から挑戦者が湧いて出て面倒くさいだけだと、何故分からないのか。

ケーナの強さに対する固執はその程度である。

強いことはいいけれど、順位を決める戦いには全く興味がない。

「普通は鍛冶屋《かじや》などが出場者に剣を渡して、勝った者の付加価値で宣伝を行うんですがね」

「その辺の武器なんか、オプスの膂力《りょりょく》で振り回したらポキポキ折れるわねえ」

レア武器などより、オプスのスキルマスター専用装備が彼の最大の一撃を繰り出せる特殊武器だろう。

戦争時に一度だけ使用して、視界内にいた敵味方の全てが吹き飛んだが。

後で参加者全員からクレームを喰《く》らい、二度と戦争では使用できなくなったという、悲劇の武器である。

しばらくケーナはマイマイ母子の談笑に付き合っていたが、茶の二杯目を飲み干してから重い腰を上げる。

茶器はサイレンが置いて行ったので、ケーナが回収して後で渡すことになっている。

サイレンがいなくなってから、紅茶を淹れていたのはマイマイだ。

「さーて、次は守護者の塔に仕込みに行かないとね」

「守護者の塔ならば、私はここで待っていますね、お母様。後で迎えに来て下さい」

「いや別に置いて行かないよ。マイマイも一緒に行こう。そうすればまたこっちに取って返すこともなくなるし」

「ええええっ!?」

「えっ!?」

目をぱちくりさせて驚いたのはマイマイで、羨《うらや》ましそうなのがケイリックである。

「なあに、ケイリックも行きたいの？」

「さ、差《さ》し支《つか》えなければ、後学のためにも是非に」

この機会を逃したくないとばかりに、ケーナが首を横に振ったら土下座でもせんばかり。特に顔が必死であった。

「えー、どうしようかなあ」

曖昧な態度を見せれば、今度はマイマイが縋《すが》りついて来た。

「お母様、迷惑なのは承知しています。この子の行動は私が全責任を負いますので、どうかケイリックも連れて行っては頂けませんか？」

「なっ！　母様が責を負う必要はありません。私も既に独り立ちした身。自分の責任は自分で負います！」

「ここは母親である私が！」「いーや自分が」と言い合いになりかけた母子の間に、ケーナは割って入る。

「はいはい。言い争いをしないの。責任を負う必要もないから」

「だ、大丈夫なんですか、お婆様？　英知の宝物が沢山詰まっているんじゃ……」

「何処からそんなものが出てきたのかは知らないけど、基本的に守護者がいる以外は何もないわよ。観光名所にするには静かすぎるしねえ」

それでも二人は目を輝かせて「是非に」とケーナに詰め寄った。

「何も面白いことなんてないんだけどなあ」

呟きつつ、パーティ構成画面でケイリックを加入させる。

ケイリックは一時的にここを離れるため、誘拐騒ぎにならないようにと、イヅークに伝言を伝えたとのこと。

そのイヅークも「見送りくらいはしてみたい」と板張りの廊下からこちらを注視していた。

ケーナたちがいる場所は、中庭の中心となる場所だ。

池があったり日本庭園のようなものが作られていたりと、とにかく広い。

指輪を交換して「さーてと、行こうかあ」と気合いを入れる。

キーワードを唱えるだけなんだから気合いは要らないが、子供たちに無様な姿は見せられないための心構えである。

クーを肩に座らせて、パーティメンバーのマイマイとケイリックを確認。

深呼吸の後に指輪を嵌《は》めた片手を掲げる。

【乱世を守護する者よ！　堕落《だらく》した世界を混沌《こんとん》より救済せしめ給《たま》え！】

光と共に膨れ上がった円形のグリッドがケーナたちを瞬時に囲う。

幻影の樹木が枝葉を伸ばして内部いっぱいに広がったと同時に、その場からグリッドもケーナたちも姿を消していた。

残されたイヅークは、ケーナたちが消えた場所を羨望の目で何時までも見つめていた。

外側のエフェクト表示は、守護者の塔に転送される際のラグのようなものなので、飛ばされる側からすれば一瞬で景色が切り替わる。

ケーナたちは緑のグリッドラインで表示された半円ドームの世界に降り立った。

№9の守護者の塔、闘技場である。

「こ、ここが守護者の塔の中!?」

母子共々ドームの天井部分に映し出された空に驚き、ぬいぐるみのような太陽を見て目を丸くし、不思議な質感の床に触って感嘆の声を上げていた。

「ね、何もないでしょう？」

「いいえお母様！　この光景を見られただけで私は感激です！」

「へ？」

「私もです！　ここが神代の時代から現存する神秘の中心……。他言はしませんが誰よりも優越感に浸《ひた》れるというものですよ！」

「そ、そうなんだ……」

マイマイは自分の体を抱きしめてうっとりとしているし、ケイリックに至っては滂沱《ぼうだ》の涙を流しながら床に頬ずりをしている。

学院長や堺屋の大旦那として、いいのかソレは。

『コれはこれは、お客様デすかマスター？』

ドームの中央に植えてある椛《もみじ》の鉢植えから、煙の守護者が人型を取って立ち上がる。

胸に手を当てて恭《うやうや》しく頭を下げた。

マイマイとケイリックは酷く驚き、ケーナの後ろに回って陰に隠れてしまった。

その身はケーナより大きいので、ぬいぐるみのようなどころではない。

「な、なんですか、これは？」

「モンスター？　それにしては気配が……」

「ちょっとどうしたの二人とも？」

目を細めて細部までつぶさに観察している。

『何やラ、驚かせてしまっタようですね。どウしますか、マスター？』

「どうもしないわよ」

この二人では煙の守護者をどうにかできるわけがない。

妙な態度を取る二人には構わず、ケーナは自身の用事を済ますことにした。

まずはアイテムボックスから取り出した【対《つい》の瞳《ひとみ》】を、守護者に渡す。

『はい、このアイテムを、どうなさルのですか？』

「あと少しすればここの闘技場で試合形式のお祭りが行われるわ。ここから見られるわよね？」

『はい。問題ナく』

守護者がそう言った途端に、空中に一〇枚ほどのウィンドウパネルが開き、今現在の闘技場の各所の様子が映し出される。

「ひゃあっ!?」

マイマイたちは何もない空中、顔の横とかで開いたパネルを見て、驚いていた。

パネルには観客席を掃除する者、通路を飾り付ける者、案内板を設置する者、ロープや板で通路を区切る者、箱を抱えて走り回る者などが映し出されていた。

皆忙しく、開催が数日後に迫っている闘技祭のために仕事をしている。

「試合の光景を【対の瞳】で村に中継したいのよ。お願いできる？」

『分かりマした。臨場感たっぷりノ絵を、お送りいタしましょう』

「うん、お願いね」

煙の守護者は早速とばかりに、闘技場をドローンで撮ったような上からの俯瞰図《ふかんず》を【対の瞳】に映し始めた。

プロジェクターの方では新たなチャンネルが開設されると、設置してある受信側の【対の瞳】が点滅し始めるので、ロクシーヌかロクシリウスが切り替えるだろう。たぶん。

これでケーナが考えていた、村にテレビみたいなものを開設するという企画がだいたい終わり、ホッと一息つく。

「お母様！」

「うわっびっくりした！　いきなりどうしたのよマイマイ？」

ケーナが振り返ると、強張った顔のマイマイが酷く真剣な目をケーナに向けていた。

ケイリックの方は母親の剣幕に驚いているようで、唖然《あぜん》とした様子だ。

「もしかして、フェルスケイロの闘技場って守護者の塔なんですか？」

「そうだけど」

「何てことでしょう！　それを土足で踏みにじって使っていたなんて！　神から厳罰が下されても不思議ではありませんわ！」

よく分からないが、闘技場が守護者の塔だったことに憤慨しているらしい。

その後に神の愛について語り始めたのはスカルゴの影響だろうか。

この世界の人々の信心深さは、ケーナ的に分からないことが多い。

スキルさえあれば【神聖魔法】などは神の設定を知らなくても使えるからだ。

だが、神殿に出入りする人々の敬虔《けいけん》さを見れば、マイマイのような魔法使いでも敬意を払うのは納得できる。

「こうなれば王に進言して、この闘技場にも祭壇を……」

「ハイ、ストーップ！」

怪しいことを言い始めたマイマイの口を塞ぐ。

「だいたい祭壇にするなら、川の中に同じものがいるでしょーよ」

「もごふか……。ま、前に聞いた水神様《すいじんさま》のことですか。たしかあれも……」

と、言いかけたところで動きが停止する。

「もしかして守護者の塔が王都内に二つあると、いうことですか！」

「そうだけど。私はマイマイが何を慌てているのか、よく分からないよ」

「好き勝手に出入りする者が増えれば、宝を盗掘する者がいるかもしれないのですよ。これが慌てずにどうするんですか！」

「宝がこの空間にあるように見える？」

「……見えません」

あるとしたら守護者の本体である椛の鉢植えだけだ。

これはスキルマスターと言えども動かすことは不可能である。

『ここに入ルには、スキルマスター本人ト、その指輪、二つガ必要不可欠デす。そレか貴方方《あなたがた》のようニ、マスターの同行者であル者。それ以外は守護者である我々ガ、認めません』

煙の守護者がきっぱり断言すると、マイマイは弱々しく項垂れて「すみません」と頭を下げた。

「怒った訳じゃないのよ、マイマイ。いきなりどうしたの？」

「いえ、ちょっと誤解していただけなんです」

「誤解ぃ？　何処に誤解する要素があったんだろうね？」

「私はただ、神代から続く神秘を、あまり人の目に触れさせてはいけないんじゃないかと思っただけなんです」

それを聞いたケーナは渋い顔になる。

心配して進言してくれたのはいいんだけど、スキルマスターが守護者の塔を望んだ経緯を考えると、その神秘性が失われるようなものだからだ。

元々はクレクレプレイヤーを躱《かわ》すための物なのである。

そこに神秘だとか宝だとかいうものは関係ない。

煩《わずら》わしさ軽減のための施設なのだから。

憧れを持っていたマイマイには悪いけれど、真相はそんなものである。

「実のところ、そこまで神秘に満ち溢れた場所でもないのよね。憧れを持つなとは言わないけど、ほどほどにしといてくれると嬉しいわ」

「……はい」

　しょんぼりしてしまった娘の頭を撫《な》でて、せめてもの償いとしておく。

　その間ケイリックは二人の諍《いさか》いよりも、守護者の間をあちこち観察して回っていた。

# 第四章 闘技祭と、予想外と、予定外と、得た物と

ケイリックをヘルシュペルへと戻し、神殿経由でマイマイと戻ったケーナはプロジェクターがきちんと動作しているのかを確認するために、辺境の村へ戻っていた。

「全く、連日アレを見てみんな大騒ぎさね」

腰に手を当てたマレールが、今もプロジェクターの前に群がっている村人たちを見て苦笑いだ。

その中には自分の娘であるリットも交じっているからか、呆《あき》れてもいるようだ。

ケーナの不在中に、見物人が画面を舐《な》めるように凝視しているのを見て、ロクシーヌが接近禁止を命じたらしい。

ロクシーズ協議の末、画面から約二メートル離れたところにロープが張られていた。

ここを乗り越えた者は罰として、一〇日間の禁酒を命じられるとのことだ。

それは酒場だけでなく、自分の家でも実行される。

乗り越えた人を発見した者は、一杯の酒が無料になるとのこと。

見学者はマレールだけでなく、友人や嫁さんにも相互監視されるらしい。

帰ったらそのことを説明され、ロクシーヌからは「ぜひこのロープに電撃の罠《わな》を付加してください」と頼まれた。

「一発で消し炭になる未来しか見えないわ！」

ケーナにハリセンで叩《たた》かれたロクシーヌを、クーが指差して大爆笑していた。

「未成年の場合は？　ルカとかリットちゃんとか」

「その場合はお風呂掃除ですね。密告したら、うち謹製の果物ジュースです」

「密告って……」

スキルで作られる果物ジュースは、材料に砂糖が加えられていなくても、濃厚で甘いものになる。

子供たちのみならず、村の女性たちにも人気の一品であった。

「ミミリィの場合は……、ないか」

「ミミリィさんは、皆様がワイワイと騒がしい酒場の雰囲気を楽しんでいるようですので、あまり画面の方を見ていたことはありませんでした」

「どちらかというとケーナ様の塔からの風景だった時に、食い入るように見ていましたね」

「なるほど。ミミリィにも空中遊泳を体験してもらった方がいいのかなあ？」

「……あんまりあの方法は試さない方がいいかと」

「そう？」

半眼になって顔の前で手を振るロクシリウスに、ケーナは「また今度聞いてみよう」と思うだけに留《とど》まった。

家に帰ってからは留守中のあれこれの報告会だ。

とは言え三日程度では、村に異変が起きたとも思えない緩い空気が漂っている。

「留守中にオプスって帰って来た？」

「いえ、一度も帰って来ていません。サイレン様もです」

ロクシーズは二人揃《そろ》って首を振る。

オプスは相変わらず何を考えているのか分からないので、行動の指針も読めない。

三人目のメンバーを確保しているのか。

最初からいたならそれを調教しているのか。

潜伏しているとしたら自分の塔だろうか。

「それとケーナ様」

「ん、何？」

「留守中の懸念事項の報告があります」

「なになに？　三日くらいで変なことでも起こったの？　襲撃があったとは思わないけど。貴方《あなた》たち二人がいて、不測の事態ってこともないでしょーに」

「いえ、問題を起こしたのは商人や旅人ですね」

「プロジェクター絡みかな？」

「はい」

予想はされたことだ。

エーリネによれば、大抵の商人は何でも金で解決できると思っているらしいので、そこが面倒だ。

「言い値を出すから売ってくれと騒いだのが一名」

「吹っ掛けたんでしょ？」

「いえ、非売品です。で押し通しました」

ケーナはロクシリウスが、言葉だけで済ませたわけではないと、確信していた。

ケーナの留守中の村に来た客人の対応で、無理難題に当たる事柄はロクシリウスに一任している。

ロクシーヌよりは戦闘スキルが多いからだ。

物腰が柔らかく、少年のような見た目から、初見で侮る者は多い。

きっとその「売ってくれ」商人も、胃がキュッと縮み上がる【畏怖《いふ》】でも喰《く》らったに違いない。

逃げるように帰って行ったんじゃなかろうか。

「それだけかな？」

それに答えたのは、お茶のお代わりを持って来たロクシーヌだ。

「いえ、もう一人は覗《のぞ》きです」

「覗き？　覗きって公共浴場で？　女性の方には障壁を張ってあったでしょ？」

念のため女性側にはマジックミラーのように、〝外から中は見えない〟と〝中から外は見える〟効果を含めた強固な障壁が張り巡らされている。

その関係から公共浴場は、（ないとは思うが）スタンピードなどが起こった際の避難場所になっている。

件の犯人は女性側の露天風呂の上空（障壁の上）を這《は》っているのが目撃され、ロクシリウスに叩《たた》き落《お》とされたようだ。

捕《と》らえられた犯人は、吟遊詩人を名乗って村に入って来て、来訪は二度目だそうな。

「その犯人は？」

「既にヘルシュペルの国境の兵士に引き渡しました」

「あーらら、兵士の人怒ってたでしょ」

「はい」

ヘルシュペルの国境の兵士たちのバカンス先になっているこの村で問題を起こすなんて、情状酌量の余地もなさそうだ。

それも覗きレベルだと、国境の砦《とりで》で無報酬一ヶ月の重労働くらいだろうと、引き渡した時に兵士が言っていたらしい。

狙われたのは女性陣というよりは、ミミリィだけだと聞く。

宿屋の食堂で食事をしている姿に一目惚《ひとめぼ》れして、機会を窺《うかが》っていたとのことだ。

「一目惚れして襲うって、ソイツ脳味噌《のうみそ》膿《う》んでんの？」

「全くです。引き渡す前に潰してやればよかったと思っていますわ」

何を？　なんて聞き返すわけにはいかない。

獰猛《どうもう》な笑みを浮かべる女性二人の姿を、ロクシリウスは全力で見ないフリをした。

ロクシーズたちの報告の後に、外の通りを騒がしく駆けて行く一団があった。

「始まった！　始まったぜー！　なんか始めてるのが映っていたぜー！」

「宿屋に急げー！　見逃しちまうぞー！」

叫んでいたことの様子から、闘技祭《とうぎさい》が始まったと判断したのだろう。

他の家からも人が移動する喧騒《けんそう》が響いて来て、村中が一気に騒がしくなる。

ケーナが聞いていた話と少し違うが。

「違うんですか？」

「なんか参加メンバーを見て、闘技祭の開催期間は見効きができる騎士団長のシャイニングセイバーが、判断するそうなんだけど」

「「見効き？」」

ロクシーズが聞き覚えのない言葉に首を傾《かし》げる。

「参加者をシャイニングセイバーの【サーチ】で判別するんでしょ」

ケーナはそんなカラクリじゃないかと、予想したことを話す。

二人とも納得して頷《うなず》いていた。

だが今回は明らかにシャイニングセイバーより高レベルのオプスとサイレンと、その他一名が参加しているので、奴《やつ》も悩みに悩んだのだろう。

「今日は開会式と、デモンストレーションだけだって聞いたけど」

開会式を含めた開催期間は、三日間だそうな。

「デモンストレーション？」

「なんですかそれ？」

「なんか、昨年の闘技祭ソロ部門の上位三人が参加して、誰でも挑戦可能のイベントだとか」

「はぁ？」

途端に興味をなくすロクシーズの反応が面白い。

昨日まで王都にいたので、発表された日程はスカルゴが最短で仕入れて来てくれた。

畏れ多くも大司祭を伝令役に就かせるなんて、ケーナくらいのものだろう。

「クーも参加できる！」

「クーちゃんは【手加減】持ってないから、参加したら相手が死んじゃうわ」

「まあ、そうでしょうね」

「その後で、街中の人に追い回される未来しか見えない……」

「ああ、そうでしょうね」

妖精は目撃しただけで幸運が訪れるという存在なのだ。

それを信じているのは、都会では子供だけじゃなかったらしい。

「さてと」と腰を上げたケーナは、今後の予定を二人に伝えておく。

「今日はこれから、プロジェクターの方を一度見て、それからもう一度闘技場の方に飛ぶわ」

「「分かりました」お帰りは何時くらいに？」

ロクシーズは揃って頭を下げたが、帰還の予定まで聞いてきたのはロクシリウスだけだった。

「守護者の塔という闘技場が万全状態で、何かが自動稼働するかもしれないから、最後まで見ておくことにするわ」

「了解です」

ケーナの塔における自動稼働というのは、根元の迷いの森と塔内の階段無限増加である。

侵入者がやって来た時に守護者の了承なしで勝手に起動する。

同じ機能が闘技場にないとは言えないので、念のため中から監視することにしたのだ。

煙の守護者に聞いてみたところ『把握してオりません』とか無茶苦茶怖いことを言っていた。

本来のスキルマスターである京太郎《きょうたろう》の善性に懸《か》けるしかないのであった。


ところ変わって開会式最中の闘技場に視線は移る。

観客席の一番高い所から、国王のありがたい一言を賜り、今は参加者の中から騎士の一人が「騎士道精神にのっとり、正々堂々と～」と宣誓を叫んでいた。

オプスたちは騎士でも何でもないのだから、律儀にそれを守る必要もない訳で。

彼は周囲を【多角視覚】のスキルで観察しつつ、妙《みょう》な仕掛けがないかを確認していた。

【多角視覚】は昆虫の複眼のように、全方位を視認できるスキルである。

スキルの重ね掛けも可能で【サーチ】や【暴く】なども込みで使用していた。

幾つかの問題点も発見されたが、概《おおむ》ね悪意のある仕掛けはないようだ。

なさすぎるのもそれはそれで問題ではある。

守護者の塔であるこの闘技場には、オプスと騎士団長、参加者の一名の他は観客に数人、紛れ込んでいるプレイヤーを確認した。

観客席の方からは恨みの籠《こ》もった視線がビシバシと感じられて、知らず知らずのうちにオプスの口角が上がっている。

参加パーティは全部で五組。

最初は六組いたのだが、組み合わせ抽選の時点で一組が逃げ出した。

その恐怖の視線はオプスに向いていたので、彼を知るプレイヤーか冒険者だったのかもしれない。


抽選の時に確認したプレイヤーは二名。

騎士団長を名乗るシャイニングセイバーというプレイヤー。

レベルは四二七。面識はないがケーナに聞いていたので知っている。

〝凱旋《がいせん》の鎧《よろい》〟というパーティの盾役の、コーラルというプレイヤー。

レベルは三九二。こちらも面識はないが、ケーナに聞いて知っている。

開催期間を決めると豪語していたシャイニングセイバーが全員に【サーチ】を掛け、オプスを見て随分狼狽《ろうばい》していたのを覚えている。

コーラルもこちらの方をチラ見していた。

いや、正直に言おう。

ほぼ参加者全員と観客席からの視線の的になっているのは、オプス率いる〝無名〟パーティだ。

参加人数は規定ギリギリの三名のみ。

ローブで体を覆った魔人族のオプス。

メイド服で無関心のまま立つ、エルフのサイレン。

そしてもう一人は列の最前に立つ小さな全身甲冑《かっちゅう》の人物である。

決してデュラハンのようなモンスターではない。それだけは断言する。

大、中、小、と取《と》り揃えたメンバーに誰もが疑念の視線を向けていた。

曰《いわ》く、戦えるのか？

曰く、やる気あるのか？

曰く、すぐ死ぬんじゃねえの？

観客と参加者（二名は除く）の予想はその三点に集約されていた。

一応言っておくが、不慮の事故以外で参加者を死に至らしめるのは失格行為である。

「気付いていないって幸せだなあ」

と、遠い辺境の村のプロジェクターの向こうで、ケーナが呟《つぶや》いていた。

開会式の後はデモンストレーションがあるということで、参加者は一旦解散する。

参加者は闘技場近辺の貴族の屋敷から借り受けた別邸で宿泊できるようになっていて、食事やベッドに不自由はしないとのこと。

ただ、酒や女には不自由すると、他の参加者からは聞いている。

これは酔って暴れた者や、女から毒の類いを受け取ったという前例があるので、支給されないらしい。

他にも闘技祭中は、騎士によって厳戒態勢が敷かれているので、この近辺から移動できないと聞かされていた。

オプスの場合、酒はアイテムボックスの中にストックしているし、自分でも作れるので問題にならない。

女には全く興味ないし。

闘技場内の通路で外に出ようとしていたオプスは、背後から近づいてくる荒々しい足音にその場に立ち止まる。

「排除しますか？」

「……」

無表情で物騒なことを言うサイレンと、小さい全身甲冑を後ろに下げさせ、やって来るプレイヤーを待つ。

程なくして姿を現したのは、シャイニングセイバーとコーラルである。

「オペケッテンシュルトハイマー・クロステットボンバーである！」

二人が何事かを言うより先に、【畏怖】スキルを発動させて機先を制してみた。

声と共に潰されそうな重圧が二人を襲う。

それがすぐに解除されると、呆れた表情のオプスと目が合った。

「何の準備もなしに高レベルのプレイヤーの前に立つから、そうなるんじゃ」

からかいの先制も含まれていたらしい。

オプスは「ふははは」と笑っていたため、二人は文句を言う気力が削《そ》がれて行く。

「くそっ、引っかかった」

「挨拶しようと思っただけだっつーの！」

「知っておる」

「「何もかも織り込み済みかよ！」」

「ケーナの言う通り性質が悪いぞ、こいつ」

改めて向き直るが、いざ本人を前にすると文句しか出てこない。

「銀月《ぎんげつ》の騎馬《きば》のサブリーダーのシャイニングセイバーと、平メンバーのコーラルじゃな。四度程罠にかけたような気がするが」

「覚えてんのかよっ⁉」

「名前が長いから、改名する罠にかけて良いか？」

「人の話聞けよ！　そんで先に言ってから胸糞悪《むなくそわる》い罠にかけようとすんじゃねえええっ⁉」

「フハハハハッ！　強制魔法で改名してやろうぞ。ピヨちゃんとかどうじゃ？」

「コイツ最悪じゃねーか⁉」

「ツッコミどころしかねー！　何なんだコイツはっ⁉」

訳も分からず怒濤《どとう》の鬼突っ込み役と化した二人は、荒波に投げ出された小舟のように翻弄《ほんろう》されるしかなかった。

あとついでに謎魔法も喰らった。

「ああああああっ！」

「ピヨちゃんとか嫌だあああああっ！」

二人して膝を突いて項垂《うなだ》れ、ステータス画面を確認してみるが、名前はそのままであった。

「「か、変わってない！」」

二人して歓声を上げて抱き合い、無事を喜んだところに冷たい声が掛けられる。

「男同士で抱き合いおって。気色悪いのう」

反論するにも二人の格好はその通りなので、落ち込むだけであった。

「まあ、おふざけはこのくらいにしておいてやろう。して、何用じゃ？」

それはこっちが言いたいところだったが、転覆した小舟では反論する気力も残っていなかったのである。

会って五分で地獄に叩き落とされた二人は、場所を変えてオプスの泊まっている館のサロンに集まった。

使用人すらも館にはいないので、自分の身の回りだけは自分でやらなくてはならない。

ちなみに館の中の調度品を傷付けたら弁償なので、オプスは最初から保護魔法をかけまくっていた。

他の参加者は騎士団を除き、戦々恐々と使っているそうだ。

ここにはサイレンがいるので、オプスの身の回りの世話はお手の物である。

何が気に入らないのか、シャイニングセイバーとコーラルの前に置かれたのは水であった。

「あのメイドおっかなくねえ？」

「お主らが不快なことでも口走ったのであろう。胸のこととか尻のこととか」

次の瞬間何処《どこ》からともなく飛んできたお盆が、オプスの後頭部に突き刺さった。

マレールの技が伝授されているようで、末恐ろしい光景だ。

「さて。改めて何用じゃ？」

「その前に少しいいか？」

「お盆のことを口にした瞬間この家から叩き出すが、宜《よろ》しいな？」

二人は動揺を隠せぬまま、オプスとの対談に臨むこととなる。

なお問題のお盆は、オプスの頭を半分朱に染めていて、今も紅《あか》い雫《しずく》がぽたりぽたりと垂れたままだった。

「どうせ聞きたいことというのは、我が参加していることであろう」

「そ、うなんだが！　確かに誰が参加するのは自由で、予選を通れば文句はない！」

力説するのはシャイニングセイバーである。

彼は参加側ではあるものの、参加している武人のうち見込みのある者を騎士団に勧誘する。という密命を帯びていた。

その観点で言うならば、コーラルは合格である。

しかし各国のパワーバランスが滅茶苦茶《めちゃくちゃ》になってしまうため、プレイヤーばかりを騎士団で受け入れることは出来ない。

だからといって闘技祭に超越者が出てくることは、完全な予想外の出来事だ。

彼らに蹂躙《じゅうりん》されるというのは、見極め以前の問題である。

相対した者がただの弱者ということでしか、見えなくなるからだ。

「アリンコの前にＩＣＢＭを突き付けるようなもんだぞ。お前さんの前では俺もシャイニングセイバーも等しくアリンコだ」

「ふははは、言いえて妙じゃな」

「笑い事じゃねーって。お前の目的は何なんだよ。富か、名声か？　まさか優勝することが目的だとか言わないよな？」

「そのどれでもないわ。お主らには想像も出来ぬことが我の目的よ」

「何だよ、教えてくれたっていいだろー！」

「適当なことを言って煙に巻こうってんじゃないだろうな。たとえお前が限界突破者だと言っても、この国に害を成そうっていうのなら敵《かな》わないまでも、一矢報《いっしむく》いるまで相手になるぜ！」

啖呵《たんか》を切って剣に手を掛けるシャイニングセイバーと、それに倣《なら》って腰を落とすコーラル。各種戦闘スキルを起動しながら、オプスの隙を見逃さないとばかりに睨《にら》みつける。煩《わずら》わしさを感じていたオプスも、いくらかの睨み合いの末「やれやれ」と肩を竦《すく》めた。

顔の前で手を振って、二人に降参を表明する。

「止《や》めじゃ止めじゃ。お主らと殺し合っても一銭の得にもならん。我もここで戦う気などない。鉾《ほこ》を収めよ」

「くはっ」

「ふぅぅ～。寿命が一〇年は縮んだぜ……」

それまでシャイニングセイバーは刺し違える覚悟でいたのだが、空気が一気に弛緩《しかん》したところで戦闘態勢を解いた。

コーラルは「とばっちりは勘弁してほしい」と汗を垂らしつつ床に座り込んでいる。

「この世界で存命のプレイヤーが必要なのじゃよ」

「は？」

「プレイヤー？」

「お主も騎士団長なんぞやっておれば、何度か目にしておるのじゃろう。ゲームの時の敵を」

「この前の襲撃の奴か！」

人獣《ライカンスロープ》のレオヘッドがそこら辺の魔物を率いてフェルスケイロを襲った事件から、それほど時間が経過していない。

騎士団の中でしこりの残る不協和音は、大体その時の不甲斐《ふがい》ない戦果にあった。

魔物にあっさり魅了されて寝返っていたなんて、末代までの恥もいいところだ。

ただシャイニングセイバーからすれば、屈強な騎士とはいえ、現地人がゲームの敵キャラからの精神攻撃に耐えられる筈《はず》もなく。

成るようにして成った状態だったと言わざるを得ない。

その顛末《てんまつ》を聞いた民衆に「レベルの差です」なんて言い訳は出来ないので、騎士の汚名は騎士たちの行いでそそぐ他ない。

そんな部下たちを見ているだけしかできないシャイニングセイバーは、フラストレーションが溜《た》まっていた。

闘技祭で満足のいく戦いを民衆に見せ、騎士の誇りを取り戻させるのが今回の狙いだ。

「お前はあんなのが発生した原因を知っているというのか！」

「うむ。そうじゃな」

シャイニングセイバーの拳《こぶし》はテーブルに叩きつけられる。

本来の膂力《りよりよく》が十分に発揮されれば、叩《たた》き割《わ》っていただろう。

凄《すご》い音がしたが、そこは保護魔法のお陰で傷一つない。

「熱くなり過ぎだぞ、シャイニングセイバー。少し頭を冷やせ」

コーラルが激昂《げきこう》しかけたシャイニングセイバーの肩を強めに叩いたことで、彼は我に返る。

竜人族《ドラゴイド》の鱗《うろこ》はそうでもしないと、衝撃を中に通さず、気付かない奴も多いのだ。

「それはあれか、茶国大結界のことか？　あの中にゲーム時代の魔物が無数に封じられているんだろう。それが結界を抜けて外に出て来たんじゃないのか？」

コーラルはオプスに自身の考えを話して確証を得ようとした。

これはケーナと話した時から考えていたことだ。

そもそも世界にはゲーム時代の名残《なごり》が多すぎる。

守護者の塔なんかはその最たるものだし、戦争時の略奪ドロップポイントなどは今の世界には何の役にも立たない。

一度起動すれば、怪獣ペンギンの時のように大騒動になる上に、倒せる奴を探す方が難しい。

あの時の発生はもう事故でしかないので、仕方がなかったが。

「まあ、そこは追々な。言えることはそこまでじゃ」

人に言わせるだけ言わせて、その胸の内は話さないままオプスは会話をそこで打ち切った。

席を立ち、話は終わりだとばかりに直立不動で部屋の隅で控えるサイレンの元に近付き、その肩に手を伸ばす。

「おいっ！」

「ふむ。そんなに我に話をさせたければ、スキルマスターらしく試練でも施《ほどこ》そうかのう」

「試練？　闘技場はケーナが管理していると聞いたぞ」

「それはそれ、これはこれじゃ。この闘技祭で優勝したら、その理由を話してやろう」

ニヤリと笑ったオプスはサイレン共々【転移】で何処《どこ》かへと姿を消した。

あの魔法を使う奴の後を追うのはほぼ不可能に近い。

二人は苦虫を噛《か》み潰《つぶ》したような顔をして、泣く泣く諦めた。

「相変わらず人をおちょくってやがる」

「中継の時にインタビュー受けてる言動も輪を掛けて酷《ひど》かったなあ」

昔を思い出して悪態を吐いていると、この部屋の扉が突然開く。

オプスが戻って来たのかと警戒する二人だったが、現れたのはまた別のスキルマスターだった。

「やあやあやあ、オプスの相手ご苦労さん」

「ケーナか」

「おいおい、何処から入って来たお前！　この館は大会参加者しか使用を許されてないぞ！」

シャイニングセイバーがビシッと指を突き付けると、ケーナは頬《ほお》を赤らめて「あー、ええと、ね」と前置きしてから、目を三角にして怒りだした。

「館の前をうろうろしてたら、あんたの婚約者扱いで普通に通れちゃったのよ！　いい加減あのデマをどーにかしてくんない！　何時までこのネタ引っ張るつもりよ！」

完全に逆ギレである。

もうこの国の騎士や兵士には「騎士団長の婚約者」で知られまくってるため、ケーナも迷惑しているのだ。

その言葉が免罪符となって、関係者以外立ち入り禁止の場所でもこのようにスムーズに侵入が可能である。不本意だが。

根本的に騎士団の汚名云々《うんぬん》じゃなくて、この規律のユルさが騎士に対する信頼を失った原因なのではないだろうか。

「こ、婚約者ア？　どこをどーやったらそんな誤解が生じんだよ」

「これも全てシャイニングセイバーって奴が悪人なのよ」

「ぐっ⁉」

もうシャイニングセイバーが良かれと思ってやったポカなので、何も言えなくなる。

身悶《みもだ》えして黙ってしまったシャイニングセイバーをひと睨みして、ケーナはコーラルに視線を向けた。

「何だよ。笑いに来たのかよ？」

「違うって、被害妄想だなあ」

「それじゃ、何しに来たんだよお前」

「いや、コーラルのところがこんな催しに出るなんて、どーゆー風の吹き回しかなと思って」

「ああ、そっちか」

「何時もパーティでは一歩引いて回してたんでしょ。盾役《タンク》になるとか、雑用引き受けるとか」

「何でうちのパーティの内情知ってんだよ？　ストーカーか」

コーラルはこっちの世界で目が覚めてから、お世話になった村で仲良くなった青年たちと〝凱旋の鎧〟というパーティを結成している。

プレイヤーであるため、その実力を封印してパーティの縁の下の力持ち的なポジションでずっとやって来たのだという。

「違うって。魔法使いさんが言ってたよ。「その力を十二分に使ってもいいんですけどね」って」

「ちっ、あいつか……」

〝凱旋の鎧〟と出会う度に何度か話しているうちに、すっかりケーナも彼らと顔なじみになっていた。

コーラルがオプスと話をしに行ったときに、彼らと接触したケーナが聞いたのは、この出場は日頃燻《くすぶ》っているコーラルのためだとか。

どうやら纏《まと》っている雰囲気から、ケーナがコーラルと近い関係《プレイヤー同士》にあるんじゃないかと気が付いていたようなのだ。

『もう一〇年も一緒に居ますからね』と笑っていたパーティの魔法使いさんには脱帽である。

「一回戦から騎士団とコーラルたちの対戦でしょ。願ったり叶《かな》ったりじゃん」

「ああ、組み合わせを見たのか」

参加パーティが五組なので、開会式前にくじを引いて対戦相手を決めたようだ。

シードになったのはオウタロクエスの冒険者ギルドから来たと言う魔法使いばかりのパーティで、初戦のカードは騎士団VS凱旋の鎧である。

オプスは第二試合でやたらと豪華な装備を着込んだパーティとの対戦だ。

シードパーティはまたくじ引きで準々決勝とし、その勝利者と決勝が行われる。

それを明日一日かけて行うというのだから、勝ち抜いていくパーティは体力の配分を調整するのが課題となるのは間違いない。

一パーティだけその調整と無縁の奴らがいるが。

「折角、聖戦士の魂《ヴァルハラ》上げたんだから使ってよ。それでシャイニングセイバーを三枚開きにしたらいいんだよ」

「殺す気か！」

悶えから帰って来たシャイニングセイバーがそれに突っ込みを入れる。

「おう、コーラルが聖戦士の魂《ソレ》使うんなら俺も考えがあるぜ！」

「え？」

「ケーナ、前に言っていた報酬の件だ！　あれスキルじゃなくて剣をくれ！」

「前って……。ああ、シロナガスクジラの時の礼のやつ」

シロナガスクジラの守護者の塔を釣り上げて、川の守り神として置く時のことである。

騎士団や王女に助力を頼み、シャイニングセイバーの報酬として三つのスキルの譲渡としたのだが、それをまだ請求されていない。

この際にとばかり、スキルの代わりに自分が十全に戦うことの出来る剣が欲しいらしい。

「ああ、剣のストックなら心当たりがあるわ。ちょっと待っててね」

守護者の指輪とキーワードで闘技場の守護者の間へ跳ぶ。

思い出したのは京太郎が保有していた、闘技場内のアイテムボックスの中身である。

慎重に力加減を調整して塔のアイテムボックスを降下させ、中から目的の剣を引っ張り出してから、シャイニングセイバーたちの元へ戻る。

「へい、お待ちー！」

「待ってねえよ。はええーよ」

「戻ってくるときはあのエフェクト発生しねえんだな」

「感心するところはそこなのかーい」

のんびりとした雰囲気の中、持って来た剣をシャイニングセイバーに提示する。

京太郎が〝銀月の騎馬〟ギルドのギルドマスターだったので、同メンバーだったシャイニングセイバーに剣を渡しても文句はないだろうと、思ってのことだ。

「追従の剣《ランバーセク》だとぅ⁉」

「聖戦士の魂《ヴァルハラ》よりランクが一つ落ちるけど、シャイニングセイバーとコーラルのレベル差を考えるとそれで充分打ち合えるでしょ」

「いや、追従の剣《あれ》って確か、斬撃が二重になって飛んで来るって奴じゃあないのか？　俺が余波で死ぬだろう、普通」

「そこはもう、シャイニングセイバーの腕の見せどころってやつじゃないのー？」

渡してしまえば用は済んだとばかり、ケーナの態度は投《な》げ槍《やり》であった。

用立てて貰《もら》って文句は言えないけれども、その対応はどうかと思う。

半眼になりつつも、貰った剣を多角から眺めてシャイニングセイバーは心が躍っていた。

早く振ってみたい。

切り結んでみたい。

その効果のほどはどんなものか。

「なんかシャイニングセイバーが、辻斬《つじぎ》りみたいな顔をしている件について」

「一種の剣狂いだな。こえーこえー」

「好き勝手言ってるんじゃねーよ。明日覚えておけよ、コーラル」

「ひぃっ」

獰猛《どうもう》な笑みと共に剣を向けられたコーラルは身震いする。

明日にあれと戦うと思うと頭が痛いからだ。

しかし、自分のパーティメンバーが相対した場合、一発であの世に行くのは確定である。

それをさせないためには自分が矢面に立つしかない。

自分の聖戦士《ヴァルハラ》の魂の持ち手を強く握りしめながら、心を奮い立たせたコーラルはシャイニングセイバーと眼光を飛ばし交わした。

ちなみにケーナは剣を渡すと、自分の役目は終わったとマイマイの家へ帰るのだった。

二人がケーナの不在に気付くのは、いつの間にか戻って来ていたサイレンに館を追い出されてからであった。

翌日の初戦は朝からスタートである。

参加者たちは同時刻に強制起床され、朝食を詰め込み、闘技場へ。

市場が漸《ようや》く開く時間だというのに、観客席は超満員である。

通路にも立ち見の客がひしめき合っていて、何もそこまで入れなくてもと、知らない人が見たら絶句するような有様だった。

説明もそこそこに、

「パーパ、パパパパー！」と開始ラッパが鳴り響いてスタートした。

なんでも最初の頃は、見栄《みえ》のために楽団が盛大な音楽を奏でたらしいが、焦《じ》れた観客が野次を飛ばし、闘技場内に物が投げ込まれる事件があったため、簡潔になったそうだ。

住民にとってもフラストレーションを発散できる場らしいといえば、らしい顛末である。

勝敗を決定する基準は対戦する相手の同意か、見学している陛下の判断のみ。

時と場合によっては観客の多数決にも委《ゆだ》ねられる。

中々に大雑把である。

これも最初は審判がいたらしいのだが、参加者による買収が熾烈《しれつ》な争いを極めたため、置かなくなったんだそうな。

参加するんだったら試合に死力を尽くせと言いたい。

初戦のカードは騎士団の代表五人対、冒険者五人である。

観戦している人々は、のっけから多人数が入り乱れる近接戦になると期待していた。

その期待に反して、各々の陣営から大剣を手にした一人が代表として前に出てきたことに、疑問の声をあげる。

騎士団から出たのはシャイニングセイバーで、冒険者側から出たのはコーラルだ。

何も知らない観客たちはそれを見て、好き勝手に野次を飛ばす。

「何だよやらねえのかよ」

「一人ずつ勝敗を決めて、勝ち数を比べるやり方か？」

「個人戦を見に来たんじゃねーぞ！」

「真面目《まじめ》にやれーっ！」

闘技場内の壁に沿って待機する残りの参加者にも、その声は届いている。

他の参加者が不快な気分を味わっている中、オプスだけは面白そうに笑っていた。

「ククク、これから何が始まるかも知らぬ馬鹿者共が。度肝を抜かれるとよいわ」

「ご主人様、趣味が悪いですよ」

「……」

一人だけ悪の親玉みたいな雰囲気を纏っているので、他の参加者から注目を浴びている。

そのことには気付いているんだか、気付いていないんだか。

「何にせよこれで、煩わしい勝ち抜き戦の手間も減るじゃろう」

固唾《かたず》を呑《の》んで勝敗の行方《ゆくえ》を見守る他の参加者たちを見回す。

オプスが動向を気にするのは、自分の出番を待っている他の参加者たちだった。

一方、守護者の間で【対《つい》の瞳《ひとみ》】の中継具合を確かめていたケーナは、辺境の村からのロクシリウスの連絡に満足そうに頷いていた。

闘技祭の本番が始まるからと、宿屋の食堂は朝から村人たちが詰めかけているのだという。

畑の世話から手が離せない人や、ミミリィ以外はみんなで観戦しているとのことだ。

ミミリィはあまり荒事を直視したくないようで、競う戦いは毛嫌いしているらしい。

「そこら辺は人魚族との暮らしの違いなのかな？」

『詳しくは聞いていませんが、恐らくは』

「ふーん。デリケートな問題もありそうだし、根掘り葉掘り聞くのは止めてあげてね」

『分かっております』

「じゃ、ロクス。引き続きそっちは任せた。色々頼んで悪いけど、ノイズが出たとか音が聞こえないとか、些細《ささい》な異常があったら教えてね」

『心得ております』

顔は見えないけど、恭《うやうや》しく礼をしたであろうロクシリウスとの会話は切り上げる。

しかし闘技祭中のロクシリウスの仕事は多岐に渡るため、忙しさも一塩である。

村の警備と、プロジェクターのメンテナンスと異常の観察。

子供たちの見守りに、村に来訪している客の監視も含まれる。

掃除洗濯家事を一手に引き受けているが、家から外は管轄外と主張するロクシーヌとは仕事の質が違いすぎだろう。

「さすがに帰ったら休暇も与えないとダメかな」

強制的にも労ってやるしかないなと、ケーナは思う。

「さてと」

アイテムボックスから背もたれ部分が異常に高い王座の椅子を取り出したケーナは、それに腰を落として、ゆったり観戦モードに入る。

小さなテーブルも守護者の間に持ち込んで、ロクシーヌに作ってもらったクッキーを皿に盛り、紅茶を入れたカップをテーブルの上に三つ用意すれば準備完了だ。

早速とばかりにテーブルに降り立ったクーがクッキーを頬張り、ぽろぽろと食べ零《こぼ》しを量産し始める。

「ほらほら、マイマイも」

「ほ、本当にこんなところでお茶しててもいいのでしょうか？」

ケーナは宿泊代代わりにと、マイマイを誘って守護者の間にやって来たのである。

先に席に着いていて、周囲に浮かんでいる外の様子を映し出す無数の画面パネルを眺めていたのだが、どちらかというと居心地《いごこち》は悪そうだった。

「別にマイマイが居たって問題ないよねえ？」

『はい。何も問題はアりません』

隣で突っ立っているだけの煙の守護者に尋ねてみるが、イエスマンの如《ごと》く頷くばかりだ。

スキルマスターに強く言えない仕様なのか、それとも決して逆らわない仕様なのか。

ケーナが自分の中のシステムを弄れるようになれば、守護者の対人設定も弄れるのか。

そこら辺は極めてみないと分からない。

守護者に肯定されたマイマイは、それでもティーカップを持つ手が震えていた。

「味が分からなそうだね」

「当たり前ですよっ！」

まさか素直にそのまま返されるとは思わなかったケーナは、鳩《はと》が豆鉄砲を食ったようにびっくりしていた。

中はともかく外では、今まさに後々語り継がれるような、伝説の一戦が始まろうとしていた。

悪い意味で。


「「オオオオオオオオオッ!!」」

シャイニングセイバーが黒銀の剣を、コーラルが白銀の剣を構え、観客が瞬きした瞬間。

双方は闘技場の中央で激突していた。

ガアアアン！

音が鳴る。

その直後に二人の位置は逆転していた。

そのことを認識するより早くまた鋭い音が鳴り響く。

二人の位置が変わる。

それを受けてまず観客から飛び出たのは歓声と悲鳴だ。

最前列を占領してかぶりつくように観戦していた観客の方からは悲鳴が。

外周に近い高くなった後ろの方からは歓声が飛ぶ。

それは追従の剣と聖戦士の魂がぶつかり合った瞬間、周囲に衝撃波が飛び散ったことによる余波である。

ずしんと体の芯に響く衝撃と、ぶわっと叩きつけられる風圧により、最前列にいた観客は成す術《すべ》もなくころころと吹き飛ばされていく。

それは騎士団と凱旋の鎧双方の仲間たちも、闘技場内で待機している他の参加者も例外なく襲われていた。

例によって例の如く、全く歯牙《しが》に掛けない奴もいるけれど。

「ウオオオオオオッ‼」

「アアアアアッ‼」

中央で白熱したチャンバラを繰り広げている二人は、自分たち以外がどうなっているかなど気付かない。

剣を打ち付け、

いなし、

交差し、

そしてまたぶつかり合う。

互いに相手しか見えていない真剣勝負の真っ最中だ。

その周りが大変なことになっているけど。

驚きは闘技場だけに留まらなかった。

守護者の間で、画面越しに試合を観戦していたケーナの方もである。

現実にプレイヤーがぶつかり合った場合に、余波が発生するなどとは思ってもみなかったからだ。

ゲームでプレイヤー同士が打ち合ったとしても、広範囲に現象が及ぶ魔法なり技なりを使わなければ、周囲が破壊されることなどはない。

レベル四二七対レベル三九二でこの有り様だ。

超越者同士でぶつかったら、どんな被害を周囲に振り撒《ま》くのやら。

「えーと、守護者？」

『はい』

「観客席と闘技場内を隔離するような障壁は……？」

『はい、ありマせん』

「あ、そう。ない……、ないのっ⁉」

『はい』

驚きの一言である。

ゲームだった時に決闘《PVP》になったりした場合は、周囲にいた手の空いている野次馬が障壁を張って、技や魔法が外へ飛んで来るのを防ぐのが暗黙の了解だった。

この場合はケーナやオプスが野次馬ポジションになっている。てっきりそういった安全装置みたいな物が組み込まれていると、ケーナは思っていたのである。

だからといってこの状況の中でノコノコと外に出て行こうとは思わない。

現場にはオプスだっている筈だ。

動く気配が全くないのは、きっと何かを企《たくら》んでいるのだろう。

多分絶対碌《ろく》な物じゃなさそうだけど。

そうこうしているうちに、今度は衝撃波と風圧だけだった余波に技が混じり始めた。

【回転刃射出《ラス・リングソー》】

これは風のリングを作り出し、何本かを同時に射出する遠距離攻撃技だ。

一旦距離を取ったシャイニングセイバーから放たれる。

風圧の回転ノコギリが飛んでくると思ってもらえればいい。

プレイヤー次第だが、当たれば多少の怪我《けが》を覚悟するレベルである。

これをコーラルは、自分に当たりそうな物だけを打ち落としていった。

勿論《もちろん》、命中しなかった奴はその場で消滅せず、後ろに飛んでくる。

永遠不変の闘技場に傷を付けることは叶わないが、それ以外の物はパックリ切り裂く。

オプス以外の参加者たちは、迫り来る風ノコから悲鳴を上げつつ逃げ惑う。

壁際に置いてあった急造の椅子はすぱぱーんと、切り刻まれていくのであった。

壁や床に傷一つないところがまた妙な光景だ。

それを急死に一生を得た参加者たちが、涙目で見ている。

全員が固まって抱き合い、恐怖の表情を張り付けて震えているという阿《あ》鼻叫喚《びきょうかん》な地獄絵図に近いところが涙を誘う。

すでに観客席に残っている人はごく僅《わず》かである。

みんな自分の命が惜しいので、誰かが衝撃波に吹き飛ぶ光景を見た瞬間、我先にと逃げ出してしまった。

残っているのは根性で戦いの行方を見たい変人か、闘技場の一角を憎々し気に睨みつけている訳アリの青年くらいだろう。

陛下などは近衛騎士《このえきし》が超特急で外に連れ出してしまった。

そもそもこの惨劇を作り出した犯人の一人が、騎士団長だというところが最悪だ。

目に見える被害は顕著なのだが、一応まだ誰も死んでいないのが不幸中の幸いである。

「ふんす！」

その立役者はケーナの頭の上で、白い光を纏って鼻息を荒くしているクーである。

サブシステムを統括する者の意地にかけて、斬撃の飛ぶ位置を修正しているらしい。

そして凱旋の鎧のパーティメンバーは、目敏《めざと》く見付けた安全地帯へ避難していた。

勿論オプスの傍《そば》だ。

ちゃっかり盾代わりに張っていた【障壁】により、その周辺だけは被害を免れている。

それでも暴風のように荒れ狂う斬撃の恐怖は拭える訳じゃない。

焦ることなく捌《さば》いていくコーラルには、全幅の信頼を置いていたが、こんなことになるのは完全に想定外というより、全く知らなかった方だろう。

全部終わった後にコーラルが、仲間たちから正座説教される罰が決定した瞬間である。

だがそこで安心するのは未だ早い。

次に闘技場内に吹き荒れたのは炎の蛇ならぬ、炎の鞭《むち》である。

【炎剣乱打《ルーベンローズ》】

剣から伸びた炎の鞭で、広範囲を一気に薙《な》ぎ払《はら》う技である。

もうそれ、剣技なのかと疑わしいものばかりだ。

ゲームプレイヤー以外には申し訳ないのだが、まごうことなき剣技の一つである。

コーラルが放ったそれをシャイニングセイバーは同じ技で相殺する。

問題は叩きつけ合うまでの間に、振り回された鞭の軌道だ。

振り回される軌道さえ見極めれば、そう危険なことではない。

ただ、鞭の先端は音速を越えるので、見極め損なった場合は上半身と下半身が永遠の別れを迎えると思われる。


その後も何度か同じような剣技の応酬が続けられ、闘技祭に参加するはずだった参加者の殆《ほとん》どが逃げ出した後。

最終的にシャイニングセイバーの勝利で決着がついた。

コーラルの敗因はＭＰ《マジックポイント》切れという、お粗末なものである。

「ナイスファイト」

「チッ。武器の性能は勝ってたんだがなあ」

「ほぼレベル差で押し切った俺の勝ちだな。ははは」

「その前に周囲を確認するとかした方が良いぞ、馬鹿者共が」

互いの健闘を称《たた》え合《あ》っているところへ、呆れ切った声が投げかけられる。

改めて周囲を見回した当事者二人は、驚きに目を見張った。

ゴミや何かしらの残骸が転がる闘技場内。

極少数の人が、伏せていた体を起こし、生きていることを喜ぶ観客席。

騎士で残っているのはシャイニングセイバーだけで、相対していたコーラルと凱旋の鎧パーティメンバーは健在だが、仲間たちは何故《なぜ》かボロボロの様相を呈している。

無傷で佇《たたず》むオプスたちはどうでもいいとして。

「「だ、誰がこんなことを!?」」

「お前らじゃ！　プレイヤーの能力を惜しみなく発揮したお前らの仕業《しわざ》じゃ！」

こうなってはもう闘技祭という催し物の形すら残っていない。

後日やり直しをするにしても、二人の凶戦士っぷりを目にした参加者たちが、戦いを挑むことはないと思われる。

「うああ、やべー。つい、楽しんじまった」

がくりと項垂れるシャイニングセイバー。

よりにもよって率先してやらかしたという自覚が持てたようだ。

その地位に応じて、責任を放り出した罰が与えられると思われる。

「すまんみんな」

コーラルも土下座をせんばかりに平伏《ひれふ》して仲間に謝っていた。

しかし、侮蔑《ぶべつ》や裏切り者などの暴言も覚悟していたコーラルに対し、仲間たちから掛けられたのは予想に反した温かい声だった。

「何でもっと早くあの力を使わないんだよ」だの、

「そうですね。キミがそんな力を使えるのが分かれば、依頼のえり好みをしなくて済んだのに」とか、

「次からは前衛を代われよ！　もう盾なんか持っていかなくていいからな！」だの、

「罰として暫《しばら》くはみんなの荷物持ちに徹《てつ》してもらいましょうか」であった。

言葉とは人それぞれ、コーラルにとっては文句タラタラな仲間たちの言い分も、心がほっこ

りする救いだったのである。

「「「それとは別にお説教は覚悟してもらうけどな（ですけどね）！」」」

「……え？」

コーラルは仲間たちに手足を摑《つか》まれて、ずるずると連れ去られていった。

これから宿に帰り苦難の時を迎えるのだろう。

「やー、闘技場で【障壁】すら張れないとか。京太郎さんってば観客席を完全に添え物程度でしか考えてなかったみたいだねえ」

コーラルが仲間たちと姿を消すと、マイマイを伴ったケーナが姿を現した。

クーはケーナの頭の上でぐったりと突っ伏していて、お疲れモードである。

「お疲れ様です、大伯父《おおおじ》様」

「お、おう」

マイマイに頭を下げられ戸惑うオプスも、ケーナの目の保養である。

「さーて、どーすんのよシャイニングセイバー？　闘技祭は続行できそう？」

「俺も正直そこまでは分からん。もしかしたら陛下は祭りで代用するかもしれないがな」

彼もそこまではどうなるのか分からないということらしい。

ケーナの問いに肩を竦《すく》めて首を振るしかなかった。

完全にその場の空気が弛緩したと、皆が感じている時のことである。

サイレンがオプスのマントを軽く引き、観客席の方を向くように促した。

「ご主人様。敵意を感じます」

「む？」

そこにいたのは先程からオプスの方を睨んでいた青年だった。

さすがのオプスでも、強烈な悪意を含んだ視線を向けられれば、注意を払うしかない。

ふらふらと観客席の最前列に移動した件の青年は、プレイヤーであった。

彼はオプスを血走った目で睨み、指差しながら大声で叫んだ。

「やっと、やっと見つけたぞこのクソ野郎があああっ！」

「「「……」」」

激昂している方はともかく、オプス側の方は白い目が無数に向いていた。

「てめえのせいで俺の人生は滅茶苦茶だ！　この世界に来て復讐《ふくしゅう》はもう敵わないと思っていたが、こんな機会が来るとは好都合だぜえっ‼」

「ヒャハハハーッ」と笑っているところを見ると、もうだいぶ精神がいっちゃっているように思われる。

相当オプスにヘイトをため込んでいるらしい。

「なんか逆恨みしているみたいだねえ」

「だねえー」

「大伯父様、あの方に何かしたんですか？」

「心当たりがあり過ぎるが、見覚えはないのう」

「分かる。分かるぞ。分かり過ぎるくらい分かる。戦争で罠にかけられボッコボコにされた奴は、大抵の場合はああなるんだよ」

経験談からのシャイニングセイバーの言葉は、凄く説得力のあるものだった。

「ゲームでのことをまだ引きずっておるのか。遊びと現実の分別はキチンと付けとった方が良いぞ？」

その場の全員が額を押さえて「あちゃー」という顔になった。

説得か弁明するのかと思いきや、全力で煽《あお》りにかかっている。

顔を真っ赤にして憤怒《ふんぬ》を露わにした青年は「お前が言うなああああああああっ⁉」と大絶叫しながら、手に持っていた何かを投擲《とうてき》した。

「はっ？」

「これはっ！」

「なにいっ⁉」

「ありゃ？」

光を反射しながら空中を舞ったそれは大粒の宝石である。

緑、乳白色、透明、真っ赤、澄んだ青、どす黒い赤。

ケーナにとってはつい先日に訪れた守護者の塔のアイテムボックスの中に詰まっていた物に酷似している。

というかそのものずばりだ。

地面に落下したそれぞれが光を放ち、中から大きな影があふれ出す。

影は瞬時に実体化してその巨体を露わにする。

頭頂部に単眼しかない縞々《しましま》模様《もよう》の蛇。

真っ赤な鱗を持つドラゴン。

赤より一回り大きな図体《ずうたい》の黒いドラゴン。

首が三つの巨大な犬。

六枚の羽根を持つツチノコ。

黒褐色で平べったい六本脚のサイ。

バラバラに「ゴガアアアッ！」とか「ガアアアッ！」とか「グルルゥッ！」とか六匹が咆哮《ほうこう》を上げる。

それだけでも相当五月蠅《うるさ》い。

耐性のないマイマイなどは耳を押さえて蹲《うずくま》ってしまったので、サイレンが介抱してくれている。

「なんだこりゃ⁉」

シャイニングセイバーが見覚えのない三体に目を剝《む》く。

「仕方ないのう」と呟いたオプスが、一つ一つ名前だけを教えていく。

単眼の蛇がロクロックス。

真っ赤なのがレッドドラゴン。

黒いのがブラックドラゴン。

三つ首の犬がケルベロス。

ツチノコがハイボーダー。

六本脚のサイがベヒモス。

ロクロックス以外が一軒家を超えるほどの巨体なので、闘技場内は召喚獣で満杯だ。

皆は観客席に上がることで召喚獣たちの全容を捉えていた。

簡易召喚を仕掛けて来たプレイヤーの青年もすぐ近くにいるのだが、この場合は宝石の所持者だった者を倒しても、召喚は解除されない。

「こ、こいつらで俺の恨みを晴らしてやる！　競売に出ていた高額商品をかき集めた俺の最後の手段だ！」

「わ、私も⁉」

この場にいることで恨みの対象に含まれてしまったマイマイも動揺している。

幾ら簡易召喚と言えど、六体全部がレベル五〇〇平均なので、シャイニングセイバーとマイマイが戦力外だ。

「やれお前たち！　こいつらを滅茶苦茶にしてやれ！」

シャイニングセイバーが追従の剣を構え、マイマイがケーナの背後に隠れる。

「おいいいいいっ！　元宮廷魔術師さんやー？」

「私があんなのに敵うはずないでしょう。お母様ならきっと私を守ってくれるわ」

守る気はあるけれど、堂々と宣言されるとケーナも何と言っていいのか分からなくなる。

オプスが両手に魔力を充填する中、ケーナだけがのほほんと事態を眺めていた。

「おいおい、何でお前だけのんびりしてんだ？」

「いや、何もしなくていいかなーって」

「自信か？　自信なのか⁉　これくらいアイツ《オプス》がどうにかしてくれるっていう確信なのか？」

誰もその役割を担当する者がいないので、仕方なくシャイニングセイバーがツッコミ役になっている。

何時まで経《た》っても召喚獣が襲って来ないので、皆が疑問に思い始めた頃。

嗾《けしか》けた側の青年も、召喚獣たちが動かないのを理由に怒りだした。

「おい！　お前ら！　何やってんだ！　さっさとあいつらを襲え！」

レッドドラゴンは欠伸《あくび》をし、ブラックドラゴンに至ってはこっくりこっくりと居眠りを始めている。

全長二メートルくらいしかないロクロックスはベヒモスの上でとぐろを巻き、ハイボーダーは羽根づくろいを始めていた。

「何でだよ！　何でどいつもこいつも動かねーんだよっ⁉」

怒鳴ろうが促そうが、召喚獣たちは命令を実行しようとしない。

ギャーギャー喚いて召喚獣たちに八つ当たりを始めた青年に対し、ケーナは残酷な一言を伝えた。

むしろ事情が分かるのが彼女しかいなかった。

「残念だったね。その子たちは絶対動かないよー」

「何でだよ！　何でお前にそんなことが分かるんだよ！」

「それ金策で競売に出したの私だからね」

身《み》も蓋《ふた》もない一言に、青年が石膏《せっこう》の如く固まった。

シャイニングセイバーは青年に哀れみの目の向け、オプスは盛大に溜息《ためいき》を吐いた。

宝石を使った簡易召喚は誰でも使うことが出来るが、作った召喚者に攻撃を向けることはできないからである。

絶望に塗り固められ感情を亡くした青年は、呆然《ぼうぜん》としている間にシャイニングセイバーに縄でぐるぐる巻きされて、騎士団にしょっ引かれた。

対して被害は出ていないし、目撃者もほぼないことからただの傷害未遂で牢屋《ろうや》一晩くらいだろう。

闘技場に満杯になった召喚獣たちは、クーによって召喚解除され、ただの魔力となって霧散した。

ただのＰＶＰで有耶無耶《うやむや》になってしまった闘技祭だが、辺境の村に中継された一部始終を見ていた村人たちは困惑していたらしい。

ドン引きでないだけまだましなのだろうけど。

闘技祭の代わりに臨時の祭りが二日間ほど行われ、王都は平穏を取り戻した。

尚《なお》、件の青年を連れて騎士団に戻ったシャイニングセイバーだが、それから暫くは街中で出会うことはなかった。

# エピローグ

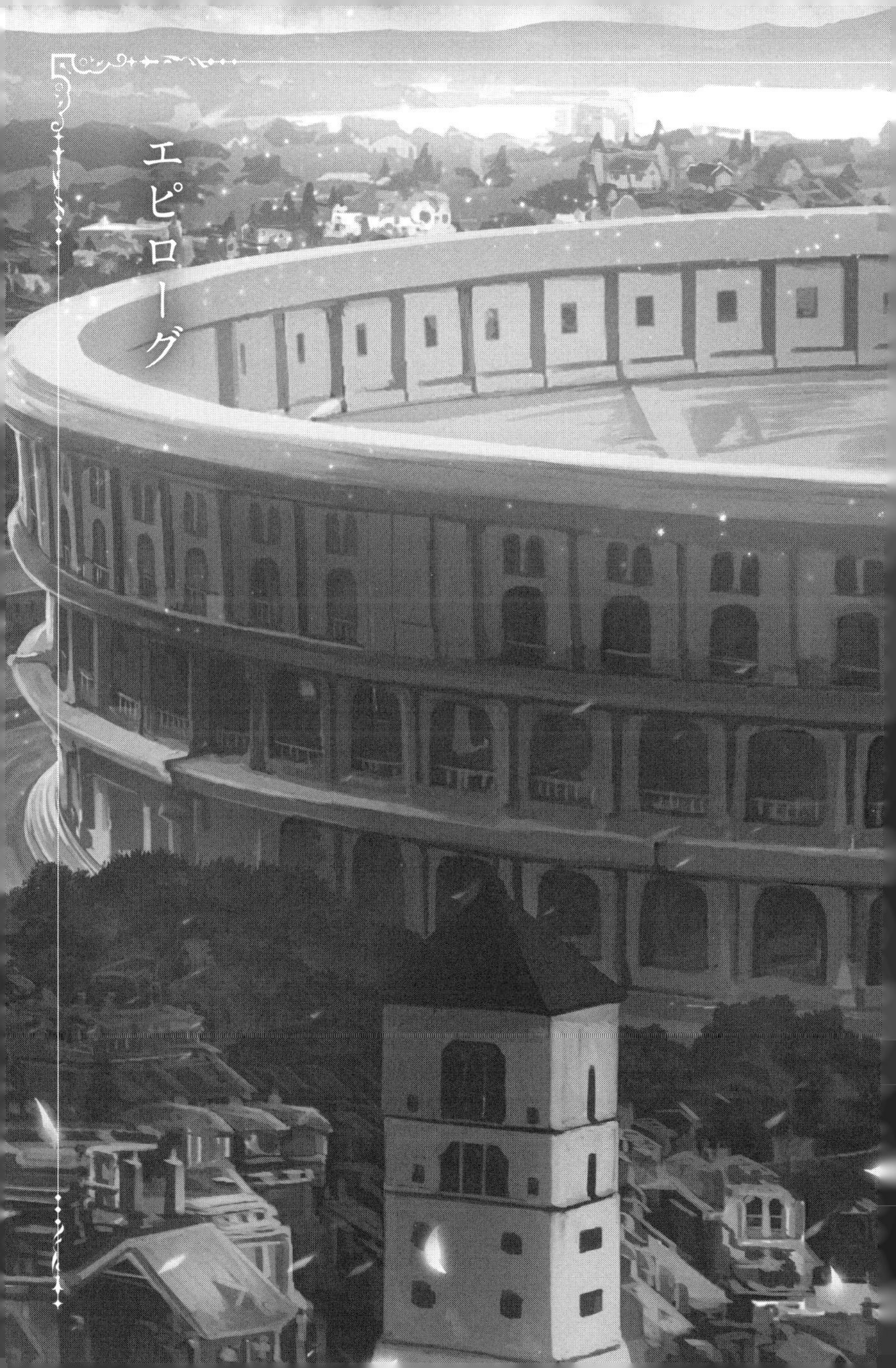

「お母様に仕事を頼みたいのですが」

「マイマイが私に？」

闘技祭《とうぎさい》代わりの祭りの後、ケーナが冒険者ギルドに赴いたら指名依頼が来てると伝えられたのである。

向かった先は学院であった。

依頼人がマイマイだったので、伝言代わりに使ったのかなと勘繰っていたりする。

学院長室で待ち構えていたマイマイからは、何事かの仕事を持ち掛けられたのである。

「暇《ひま》しているから問題ないけど、マイマイからの仕事って予想もつかないなあ？」

お茶うけに出されたクッキーを口に放り込む。

マイマイはそんな母親の姿を、羨望の眼差《まなざ》しで見つめていた。

「この時期になると冒険者ギルドに依頼を出すので、定番になっていますが、簡潔に言うと護衛依頼ですね」

「護衛？　街から街へマイマイが向かうの？　何だったら【転移】で連れて行くけど」

「申し出はありがたいのですが、お母様が護衛するのは私では有りません。生徒です」

「生徒かあ。修学旅行でもあるの？」

「いえ、教員も引率で出しますが希望する生徒たちと野外学習体験ですね。少し離れた森の中で野営したり見張りをしたりを学ぶんですよ」

「それの護衛に私なのか。構わないけど、戦力過剰じゃないの？　大丈夫？」

腕組みをして首を傾《かし》げる母親の仕草に、心を満たしながらマイマイはケーナを欲する最大の理由を口にした。

「マイさん、いえ。マイリーネ王女が参加をご希望なんですよ。貴族の子息も多いので、保険も兼ねてお母様にと。お願いできませんか？」

「うーん」

テーブルの上に広げられた地図には、行き先を想定した場所に駒が置いてある。

毎年のことだというからには、何度も使っている馴染《なじ》みの場所なのだろう。

しかしケーナが頭を悩ます一番の理由は、前回襲撃があった時の別動隊が辿《たど》ったコース上にその野外学習予定地があることなのだ。

もしかしたら、野外学習を行う場所に直接モンスターが湧く可能性もある。

最悪の懸念として、ゲーム時の茶国の領土境界線が近い。

だから保険扱いなのだろう。

茶国のことをマイマイに伝える前に、オプスに相談しておこう思ったケーナはとりあえず依頼は保留ということにする。

「ちょっと待ってね。聞いておきたいことがあったからさ。依頼は受ける方向にしておくわ」

「お母様ありがとう。これでマイリーネ王女に怒られないで済むわ」

「マイちゃんからの依頼なのこれ⁉」

どうやら黒幕は王女の方だったようである。

# 登場人物紹介

World of Leadale

Character Data

7

Character Data

# ミミリィ

人魚族。
Lv不明。

何処ぞの海から謎の現象によって地底湖に飛ばされた。人魚族の中では優秀な部類に入るが、女王の座に届かなかったことで役立たずの烙印を押されることになる。村では公共浴場の女子風呂に住み、水流操作という人魚ならだれでも使えるという魔法で洗濯業を営む。村の中では三番目くらいの稼ぎ頭である。目下の目標は、ケーナに借りを返すこと。

Character Data

# サハラシェード

ハイエルフ族。

Lvは100弱。


ゲーム時にハイエルフコミュニティにいたケーナの妹分、サハナというプレイヤーの里子である。現状では何故か血縁関係でもないのに姪ということになった。

200年に渡ってオウタロクエス国を治めている。

国民の人気は高く、国内に幾つものファンクラブが存在する。一番の悩みは後継者がいないこと。

# あとがき

こんにちは、こんばんは、おはようございます。作者のＣｅｅｚ《シズ》です。

漸く七巻を形にすることが出来ました。お待たせしてすみませんです、はい（しおしお）。

コミック版に続き、今度はアニメとなることが決定しました。これも読んでくださる皆様のお陰です。ありがたやありがたや。

専用ページやツイッターもオープンし、益々リアデイルワールドが広がっていくのを見ると、とても嬉しいです。

あと自分のことなのですがとても恐ろしい……。まだ夢を見ているんじゃなかろうか。

アニメ制作に携わっているスタッフの方々にも感謝を。動いて喋る登場人物の姿を見るのが、今か今かと楽しみになっております。

何だか遠くに来たような気もして感慨無量ですが、完結になるにはまだまだ先のようで、心に鞭を打って物語を絞り出さないと（ひええ）。

過去に書いた方をウェブ版としたように、新キャラを加えての独自路線なった書籍版では後になって来るにつれ、書き下ろしの割合が増えて参りました。

お察しの通り、六巻に続き、七巻もほぼ書き下ろしになっています。

お恥ずかしながら計画を立てるというものが苦手な上に、超遅筆でまたもや各方面に多大なご迷惑をお掛けしました。

デスマーチを目の当たりにするとは思わなかった罠……。

次巻はウェブ版に於ける最終話！

ちゃんと予定通りに行けると信じて進めていく所存です。

今回も担当編集様、絵師のてんまそ様（今

回も素敵なイラストの数々をありがとうございます）、装丁様や校正様にも多大なご迷惑をお掛けしました。誠に申し訳ありません！

打ち合わせで出逢えたてんまそ様は、予想していた以上の好青年様であらせられた……（ぺこぺこ）。

未だ緊迫したご時世の中ですが、負けずに頑張りましょう！

書籍を手に取って下さった方々に、精一杯の感謝を！

Ｃｅｅｚ

絵の人ことてんまそです。
巻末のこれ、
前巻と同じキャラ描いてますね。
更に言えばロクシーヌ率が高いですね。
きっと好きなんでしょうね。

# リアデイルの大地《だいち》にて7

2021年8月30日　初版発行
2021年12月10日　再版発行

著　者　Ceez《シズ》
イラスト　てんまそ
発行者　青柳昌行
発　行　株式会社KADOKAWA
〒102-8177 東京都千代田区富士見2-13-3
電話 0570-002-301(ナビダイヤル)

編集企画　ファミ通文庫編集部

担　当　和田寛正
デザイン　横山券露央、小野寺菜緒(ビーワークス)
写植・製版　株式会社オノ・エーワン
印刷・製本　凸版印刷株式会社

[お問い合わせ]
[WEB]https://www.kadokawa.co.jp/(「お問い合わせ」へお進みください)
※内容によっては、お答えできない場合があります。
※サポートは日本国内のみとさせていただきます。
※Japanese text only

 ISBN978-4-04-736702-9 C0093　定価はカバーに表示してあります。

電撃コミックスNEXT
ComicWalker／
Webデンプレコミック
ほかでコミカライズ
好評連載中！
コミックス1～2巻好評発売中!!
1
リアデイルの大地にて
2
リアデイルの大地にて
最新第3巻
2021年春発売予定！

リアノデイルの大地にて
漫画：月見だしお
原作：Ceez
キャラクター原案：てんまそ
構成：涼風涼

スキル《ダンジョン生成》を使ったら、最強魔王六人の主になっていた!?
activation
{ Dungeon Generation }
未実装のラスボス達が仲間になりました。
The unimplemented end-stage enemys have joined us!
Author ながワサビ64
Illust. かわく

修太郎と
魔王たちの邂逅は、
デスゲーム世界の
希望となるのか!?
《START: DEATH GAME》
ゲーム内に
閉じ込められた
プレイヤーたちも、
それぞれの思いを
賭けて奔走する!!
The unimple
mented
end-stage enem
have joined us
contract: { BOSS MOB }
The Six Demon Kings
and the Lord of the Dunge

魔法使いで引きこもり？
He is wizard, but social withdrawal?
Author 小鳥屋エム
Illust 戸部 淑
重版、続々!!!
チート能力《スキル》を持て余した
少年とモフモフの
異世界のんびり
スローライフ!
女神により転生することになったお爺ちゃん。
望んだのは「健康な体」だけだったのに、
チート能力までも与えられてしまう！
転生後にその力を持て余していた少年は、
女神の「冒険者になって人生を楽しみなさい」
という助言により、冒険者として王都へ赴く。
様々な人々との出会いを通して、
彼の世界は広がっていく――。
好評発売中!!!
コミカライズ
月刊コミックアライブ
Webにて
毎月27日連載中!
enterbrain